七時吉祥

下卷

九鷺非香

著

七時吉祥

目錄

第十章

一起愉快地去打仗

進……宮？

最近，我這將軍和初空那公主相處得不大太平，前兩個月自相殘殺了一次，昨天公主又小產了，皇帝作為「我」的小舅子，應該不會給我什麼好果子吃……

我心中忐忑，在進宮的路上無數次萌生逃跑的念頭。但看了看騎馬跟在我身側的楚翼，我覺得他約莫是不會跟著我一起跑的吧。沒有這個打雜的手下，我的平民日子應當過不逍遙。

我咬了咬牙，心一狠，安慰自己道，皇帝也沒關係，就算他再怎麼厲害，也不可能透過這副貨真價實的男人皮骨，看見我那脆弱的女子內心。

在第一世的時候，我曾隨宋爹入過幾次宮，宮裡的禮數現在還都記得，走過重重深宮，太監帶我行至御書房。

寬大的書案後坐著一位身穿黑紅色龍袍的男子，他正伏案而書，神情極為嚴肅。我在心裡嘀咕，同樣是王，這位人界之王坐得可比地府裡的閻王端正威嚴多了。我不知道素日裡皇帝和將軍見面是怎麼個相處方式，也不知道這兩人平時關係好不好，索性一埋頭，一言不發地跪下。

面對強者，服軟總是好的。

太監識相地站在皇帝身邊，垂眸屏息，降低自己的存在感。

我聽見皇帝擱下筆的聲音。

「清輝。」他聲音低沉，輕聲道：「芙盈身子還好？」

我想了半天，才想起來皇帝說的這個清輝和芙盈正是我和初空，我心中哀嘆，果然是興師問罪來的，我埋頭道：「微臣有罪。」

皇帝那方默了默，我忽聽一聲輕笑，皇帝道：「你且起吧，而今這裡已無太后眼線，不必再做如此模樣。」

咦？什麼狀況？我心裡打鼓，佯裝鎮定，站起身子。

書案後的皇帝脣邊掛著一絲若有似無的笑，但眼神如寒冰般刺骨，他直勾勾地盯著我道：「清輝，你說芙盈這腹中之子掉了，於我們而言是利多還是弊多？」

這皇帝和將軍之間不純潔啊……

我眼珠一轉，捧皇帝的臭腳道：「微臣愚鈍。」

皇帝又輕笑幾聲：「多日不見，清輝竟學得謙虛起來。」皇帝的手指在桌上輕敲。「昨日知曉這消息之後，朕既高興這皇位暫時保住了，又憂慮……再隔些時日，大齊江山恐怕不保。衛國這著棋下得妙極。」

我全然聽不懂他在說些什麼，只有死死盯著自己前面的地磚。

御書房中沉寂一會兒，皇帝忽然站起來，緩步行至我跟前，道：「說來，清輝最近對朝事好像有些怠慢。」

我心中一驚，想要跪下，皇帝像是早就料到我的動作一樣，將我手臂一攬，把我扶起來。「清輝不用拘禮，我這並不是在責怪你，你我兄弟多年，我自然知道你忠心不貳，只是……你在芙盈這兒，是否心軟了太多次？」

我渾身僵了僵，心裡苦道，我對「芙盈」沒辦法不心軟啊……

「我知道芙盈自幼對你痴心，兩人在一起久了，難免生了些不該有的情愫。」

我心裡奇怪，將軍和公主都結為夫婦了，這世間還有什麼樣的情愫是他們不該有的？

「我聽聞，你看見芙盈小產之後形容哀慟，不眠不休地守了她三天三夜，甚至只讓楚翼一人去追蹤那幾個衛國細作，而今這幾個細作跑了。清輝你看，這事你是不是也有些責任呢？」

我聽了他這話的意思，又感覺到皇帝還扶著我的臂膀，我心中的羊駝在呼嘯。你這死皇帝有話直說行不行，到底是要我跪還是不要我跪啊？到底是讓我請罪還是不讓我請罪啊！直說一下會死嗎！

我不知該如何回應他，索性當他剛才放了一通屁，繼續沉默不語。

皇帝見我不說話，又兀自呵呵笑了一通。「清輝莫要緊張，你我情同手足，我怎麼會懲罰你呢。」他緩步走回書案後，理了理衣袍坐下。「今日讓清輝進宮，僅是想告知你一件事罷了。」皇帝提筆，重新拿了一張紙，一邊寫一邊道：「衛國不知何時會給咱們大齊下戰書，彼時怕是要辛苦清輝上陣迎敵，此戰只能勝，不能敗。否則，你我都只有這一個下場了。」

他將寫好的紙遞給我，上面用血紅的硃砂筆批了一個刺眼的「死」字。我嘴角抽了抽，這皇帝該直白的時候還是挺直白的嘛。

離開御書房前，皇帝幽幽地對我說了一句話——

「清輝，大戰在即，兵符可得好好護著。」

我心口一緊，冷汗直下。

兵符……我上哪兒去給你找兵符？難道要我這個將軍屁顛屁顛地跑

去問楚翼，我之前把兵符放哪兒了？這不可能吧！

回到將軍府，我也顧不上其他，逕自衝進初空的房間，這次他正在喝粥，一臉享受，我背後的冷汗卻貼得我一身寒涼。我從婢女手中搶過碗，道：「我來。」

婢女看了初空一眼，初空淡淡道：「下去吧。」

房門掩上，我一臉沉重地坐在初空身邊。「大事不好了。」

初空這次學乖了，從我手裡將粥搶回去，一邊悠閒地喝著一邊道：「妳進宮之前已經說過了。」

我急得上火。「這是真不好了！」我把入宮的事與初空仔仔細細交代一遍，而後問他：「你說這皇帝到底是什麼意思？還有這兵符，我之前和那將軍又不認識，我怎麼知道他把兵符放哪兒了？到時候上陣打仗倒是其次，一個將軍拿不出兵符，我只怕還沒出師便被皇帝拖去砍了吧。」

初空淡定地喝完粥，將碗一放，抹了抹嘴，十分坦然道：「嗯，妳說的兵符，是不是這玩意兒？」他自懷裡掏出一塊虎形的白玉石，上面精細地刻著虎紋。

我呆了一呆。「你從哪兒偷來的？」

「從咱倆來到這世間開始，它便一直隨我貼身放著，我之前雖不知這是個什麼玩意，但看模樣應該能賣個好價錢，所以便一直貼身收著，想等以後隱居山林之時，將它拿去典當了。嗯，沒想到，這確實是個寶貝。」

我徹底迷糊了。「等等，將軍的兵符怎麼會讓你貼身藏著？今天皇帝對我說的那一番話，明明皇帝和公主應當是處在對立面上的敵人啊。」

初空笑了笑，得意道：「這之中的前因後果我已全摸了個清楚，妳想知道嗎？想知道就喚我一聲大爺，認一句錯來聽聽。」

「大爺我錯了。」我十分乾脆道：「快，告訴我到底是怎麼回事。」

我與匆匆地盯著初空，初空卻咬牙切齒了很久沒說話。我覺得這個傲嬌少年越發奇怪了，滿足他的要求也不是，不滿足也不是，真是讓人難做啊。

初空緩了好一會兒，才肅容道：「妳可知當今皇帝的皇位坐得並不穩妥？」

「我怎麼會知道。」

「我沒要妳回答！」初空額上的青筋亂跳了一陣子，長嘆一口氣，道：「如今這太后並不是皇帝的生母，卻自小撫育皇帝長大。先皇去世得早，太后便垂簾聽政，掌控朝政。但皇帝一天天大了起來，也越來越難以掌控，太后便欲廢掉皇帝，要立新帝；而皇帝膝下無子，沒有人選，正巧這時太后自己的女兒青靈公主懷孕了，太后便想立公主肚中孩子為新帝。」

「可是太后怎麼知道公主懷的一定是男胎？」

「是不是又有什麼關係，只要太后想，不管公主生的是什麼怪物，最後都只會變成一個男孩。」

我恍然大悟。「他們要調包！」

初空點了點頭。「如此一來，皇帝徹底被廢，太后立了新帝，便可更為徹底地掌控朝政。公主只怕不是自己服毒而死的，而是被衛國細作害死的。妳想，除掉了公主和她的孩子，皇帝和太后便可以繼續勢均力敵地爭鬥下去。齊國內政不穩，受益最大的自然是衛國，他們大可趁齊國內亂之時發動戰爭。」

「所以妳今日入宮，皇帝才會告訴妳，他既高興又憂慮。所以他才會給妳批一個鮮紅的『死』字，告訴妳，與衛國開戰，妳只能勝，不能敗。妳若敗了，不用太后耍多少陰謀，他這皇帝，也該做到盡頭了。」

「為了保護皇帝而戰？」我不解。「可軍隊，從來不該為了維護誰的統治而戰。」

初空挑了挑眉。「妳說得沒錯，但妳若不維護他，皇帝現在便可殺了妳。」

我一聲嘆息。「凡人思想太落後。」我心思一轉，問初空：「你怎麼突然之間把這些事情都了解清楚了？」

初空一笑道：「在妳入宮之後，太后也派人來找我了，我便從那人的嘴裡將這些事情完完整整地套出來。我可不像某人，只會被別人拉去稀里糊塗地訓斥一通。」

雖然他說這話的語氣確實很欠抽，但我就此事不得不認真思考一番……我和初空，在智力上難道真的有差距嗎？

初空往床上一躺，逍遙道：「現在事情都弄清楚了，而今在京城，妳我是怎麼也跑不了的，唯今之計只有等衛國與齊國開戰了。畢竟在兵荒馬亂之中丟一、兩個人，也是很正常的事情。」

這傢伙……居然把臨陣脫逃說得這麼義正詞嚴。

我表示鄙視地撇了撇嘴，心中忽然又閃過一個疑問：「初空，那你說將軍是怎麼死的？他胸口的匕首又是誰插的？這將軍看起來一副很能打的樣子，但是為何那一天他好像並沒怎麼掙扎？」

初空閉目養神，懶懶道：「這還重要嗎？大局勢中，誰還記得這些瑣碎的兒女情長。」

三個月後，正值隆冬，衛國向齊國下了戰書。此時在齊國國都，太后與皇帝正鬥得白熱化。出師之前，皇帝又將我喚進宮裡，威脅恐嚇外加安撫了一番。我心想，既然他都這麼說了，到時候我一定不到戰場就溜掉。

回了將軍府，初空一邊烤著火啃著雞腿，一邊恨恨道：「該死的衛國，隆冬臘月打什麼仗，害小爺要在這種天氣亂跑。小祥子，去，回頭與他們戰兩場，將他們虐上一虐再跑。」

我一邊盤算著自己要帶哪些東西，一邊嫌棄他道：「你又不上戰場，就知道使嘴皮子功夫，要虐你自己虐去。」

初空咬了一大塊肉，含糊咕噥道：「誰說小爺不去。」

我眼睛一亮，盯住他。「你要扮作我的模樣，替我上戰場嗎？公主，變成女人之後，你倒是越來越有人性了啊。」

初空淡淡瞅了我一眼，忽然意味不明地冷笑一聲，又繼續啃自己的雞腿去了。

他出人意料地沒有反駁我，倒弄得我心裡忐忑起來。

之後幾天，初空莫名其妙地不見人影，直到出師那天我也沒看見他。我開始有些憂心，並非憂心他，而是憂心自己——天知道他背地裡又要玩什麼陰謀詭計……

出師這一日，我與皇帝喝過血酒，走下長長的承天臺。我身披重甲，騎上戰馬，戰馬腳步踉蹌了一下，牠甩了甩頭，我想約莫是在鐵甲裡掛的金條太多了……我在京城百姓的目送中，一臉凝重地領著兵馬，威風凜凜地出了京城。

我聽聞這楚將軍生前打仗萬分勇猛，又極善兵法，有他參與的戰爭，己方再是劣勢也仍能爭得一個平局。是以衛國相當畏懼這個楚將軍，於是，理所當然的，在大軍尚未行至前線之時，我已經苦命地挨了多次暗殺。

只是我這時出奇地命硬，下毒有楚翼替我擋著，暗殺有楚翼替我擋著，他這肉盾實在擋不住了，我一身「含金」的鎧甲也會替我擋著。

每次有殺手近了我的身，我不動也不跑，穩穩地在那兒一坐，待殺手一揮刀砍向我，不管是腦袋還是肩膀抑或是腹部，首先崩掉的便是殺手的大刀。久而久之，軍中竟傳出楚將軍英勇無敵，修煉有金剛不壞之身的說法。

凡人不知……將軍我這「金剛不壞之身」不是英勇無敵，而是跑起來實在困難。

刺殺帶給我最大的困擾是楚翼將我看得更緊了，他成日肅著一張臉在我身邊轉悠，我想要逃跑就越發困難起來。眼瞅著前線一日一日近了，我每日焦慮得夜不能寐。

這夜，軍隊在郊外紮營，我獨坐營帳之中，愁得頭痛，忽聞帳外傳來楚翼的喝斥聲——

「放肆！你是何人手下？竟敢衝撞將軍營帳！」

又是刺殺？我等了半晌卻沒再聽見什麼聲響，心底一好奇，我走出營帳，見一名身材瘦弱的小兵被楚翼捉著。

他眼神冷冷地望著楚翼，見我出來，目光便轉到我的臉上。他微微一挑眉，口形微動：「小祥子。」

我也是一挑眉，沒想到初空這傢伙居然易容成了士兵混在我的軍隊之中。可是行軍這麼多天，他都不來找我，今天跑來是怎麼個意思？

我輕咳一聲，道：「小兵有何事稟報？」

在火光的映照下，初空的臉色顯得有些蒼白，他刻意壓低聲音，沙啞道：「將軍，是性命攸關的大事。」

我點了點頭。「進來說。」

楚翼不肯放人。「將軍，這恐怕不妥……」

「無妨。」我豪氣地一揮手，將初空帶進營帳。只是這裡不比將軍府，一說話，外面皆能聽得清清楚楚，我讓初空來到書案邊，遞了枝筆給初空，然後開口問：「何事稟報？」

初空一邊說著「性命攸關之事」，一邊在紙上寫道——

「我肚裡還有一個孩子。」

我愣然，瞠目結舌地望著初空，一時忘了接話。天地良心，他掉了孩子之後，我可真沒碰過他！難不成是這短短三個月，他……他竟在外面找了男人？我瞬間覺得自己頭頂變得綠油油的，但仔細一想又覺得這事蹊蹺得很。這初空神君當……當真喜歡男子？所以等終於有了個女人的身體，他就迫不及待地把自己……這當真是件匪夷所思的奇事。

許是見我的表情越來越奇怪，他又寫道：「把妳腦子裡亂七八糟的想法給我剪掉。」初空神色嚴肅，繼續寫道：「上次那死胎只流了一半出去。」

我繼續愕然，這公主懷孩子還半個半個地來？

初空凝重地看了我一眼，又寫道：「這身體又小產了。」

接二連三投來霹靂一般的消息，初空將我徹底震懾住了。我呆怔了好一會兒，然後一言不發彎身下去掀開他的衣襬，只見他青色的褲襠有一片暗紅色的印跡在慢慢擴大。

我愣了好一會兒，心頭忽然有個念頭閃過。我問：「痛嗎？」

他直截了當地道：「痛。」

我點了點頭，站直身子，將嘴湊到他的耳邊輕聲道：「我想，你是癸水來了。噗……」

初空渾身一顫，轉過頭來，目光有些失焦地看我。我拍了拍他的肩說：「這很正常，你要習慣。」

然後初空便捂著肚子蹲下去。我見他一副受刺激太過的模樣，一時有些心軟，將他拖到我床榻邊，然後走出營帳，對守在外面的楚翼道：「拿件乾淨的衣服過來，再給我準備些棉布和針線。」

哪兒想我說了這話，楚翼卻用一副奇怪的表情看我，等了好一會兒，他才點了點頭，欲言又止地離去。我不明所以，抬頭掃了一圈外面的士兵，見他們皆是一副尷尬的神情。

我回頭一看，正巧看見營帳內的火光將初空的身影投射在帳面上，我清清楚楚地看見他翻了個身，躺上我的床。於是我瞬間明白了這些人吃了蛤蟆一樣的表情是怎麼回事。

可事已至此，我能如何解釋……摸了摸鼻子，我等楚翼拿來了我要的東西後趕快閃身入帳，熄了帳內火光，杜絕他們再想一些亂七八糟的事。

讓初空換了衣服，我又摸黑替他縫了塊兜布，初空一臉慘白地躺在床上，細聲怔然道：「妳們女人，確實活得不容易。」

我身體向來健康，從來不知道癸水之痛的厲害，但此時竟從初空嘴裡聽到這麼一句話，我登時覺得這樣的疼痛定是讓人生不如死的。將手探進被窩，我替他捂著肚子，悄悄地說：「你知道就好，看你日後還能心安理得地欺負我不。」

「為什麼不。」初空理直氣壯。「現在我才是女人。」

我按了按他的肚子。「你真不要臉。」

替他捂了一會兒，我也睏了，翻身上床躺在他旁邊，我含含糊糊道：「咱們什麼時候跑啊？眼瞅著都到前線了。」

「我說了，要將那衛國人虐上一虐。讓小爺受了這般苦楚，不還回去，對不住這一身傷痛。」

我一聲嘆息。「又不是衛國人讓你來的癸水，你和凡人計較什麼，趕快跑路才是正經事。」

「偏不。」

我嘴角抽了抽，心想初空這貨陷入執念了，我披著這一身金甲上戰場只有讓人砍的分兒，果然……明天我還是扔了初空，自己跑掉吧。左右他現在來了癸水，也不能使什麼陰謀詭計。

可計畫總趕不上變化，第二日，我又遭遇了刺殺，只是這次刺殺我的……是衛國一支兩千人的軍隊。

此處正位於山坳之間，一邊是高山，另一邊是懸崖峭壁，下面便是一條大河。衛國軍隊埋伏在此，待我們走過之時突然從一邊的高山之上滾下塊塊巨石。

我騎在馬上，初空騎馬跟在我身邊，他駕著馬左躲右閃，沒一塊石頭打中他；但是我這匹馬雖是好馬，礙於其負重太過，反應總是慢半拍，我也駕著牠左躲右閃，躲掉了大石頭，總有小石頭砸在我腦袋上，沒多久我便被砸得暈乎乎的，身手也跟著遲鈍起來。

忽然我只覺頭頂有陰影在向我急速靠近，我仰頭一看，一塊巨石轟隆滾下，直直向我砸而來。我心頭一空，覺得這下子真得被碾作肉末，然後下地府親閻王了。

電光石火之間，一匹馬猛地撞上我這匹馬，我只覺身側有人撞向我，我被人從馬背衝撞到地上，巨石從我身邊滾過，險些碾斷我的腿。

我怔怔地望著趴在我身上的這人，有點傻眼。「初空，你憑一個女人的身體，到底是怎麼把我撞下來的……」我現在自我活動都很艱辛啊。

初空揪了我的衣領，破口罵道：「妳倒是越發愚蠢起來了啊！真想去親閻王的臉嗎！」

我剛想解釋我確實是跑不動，但還未張口，忽覺身下地面一震，我一驚，初空也是面色一變。

「不好！巨石將這路壓鬆了。」他站起身，還未穩住身子，我只覺地面一斜，整個人骨碌碌往一側滾去，側頭一看，下面是翻滾的河水。

這……還不如方才逕直被碾死來得痛快……

手臂一緊，我回頭一看，是初空趴在地上拽住我，他面色蒼白，疼得整張臉皆皺成一團。「妳……怎麼……這麼沉！」

對不起，沉的是黃金……

「你撒手！」我道：「不用陪我一起死。」我始終還是個心善的人，死到臨頭，我不願拖著一個墊背的。畢竟這一世，總的來說初空對我還算不錯，我倆關係也處得和諧，沒必要在這裡同歸於盡。

初空卻咬了牙，死死拽著我。我心頭顫了顫，對著他這張易容成男人的秀氣的臉莫名其妙亂了心跳。我心頭恍然劃過一絲感悟，原來這一世的小媳婦追相公是這麼回事啊。原來，被小媳婦追是這樣的感覺啊；原來，明知道他是初空，我還是會有控制不住心跳的時候啊……

黃金是偉大的，初空的身體是被我沉重的軀體生生拖下懸崖的。

「撲通」一聲，刺骨寒水沒頂而過，我被這身鎧甲拽得直接沉往河底，恍然間想起初空現在還在來癸水，他……應該很是難受吧。

脖子一緊，一隻纖細的胳膊抱住我的腦袋，我感覺有人死命拽著我往河面上浮，但是怎奈這一身鎧甲過於沉重，拖著兩人一起沉往河底。

來救我的初空狠狠抽了抽我的腦袋，彷彿氣得不輕。

一路往下沉，我穩穩地站在河底，模模糊糊地看見初空在焦急地扒我的鎧甲。缺氧讓我的大腦開始迷糊起來，我下意識張大嘴要呼吸，卻愣生生灌了一口水進來。我下意識想掙扎，嘴裡吐出氣泡，更多的水灌了進來。

正惶然之際，溫熱的唇輕輕貼上我的嘴，一口氣度入嘴裡，我腦子一下子清醒不少。我身上一輕，沉重的鎧甲落在河底，濺起河沙飛舞。初空提著我的衣領便往上游，他動作有些慌亂，想來……也是快窒息了吧。

眼瞅著河面上的光越來越亮，我忽覺腳下一緊，不知從哪兒竄出的一根水草拽住我的腳。我大驚，慌亂地掙扎，初空還沒浮出水面，見又拽不動我，他回頭一看，臉色變了變。

忽然，纏住我腳的那根水草猛地將我往下一扯，我心頭奇怪，不對啊……這感覺明明就像是個活物在拽我……

我一回頭，看見拽住我腳的那根水草竟變成一條鐵鍊，纏住我整條腿。它將我又是一扯，我全然沒反抗能力，被它拉了下去。我瞪大眼，驚駭地望著初空，只覺一股大力捲來，我被狠狠拽了下去，腦袋撞在河底。

黑暗來臨之前，我感到有人緊緊抓住我的手，不管水流再洶湧都沒有放開。

「叮咚，叮咚。」

水滴青石的聲音在耳邊迴響，我睜開眼，看見一根根尖刀般的石柱鋒利地指著我，彷彿立馬就要掉落下來，將我扎得百孔千瘡。我被這景象嚇得心頭一寒，立即清醒過來。

我翻身坐起，昏迷之前的記憶接踵而來，落水、扒衣、度氣，一個不落。沒來得及因初空為我度氣而感到嬌羞，我先想到他扒了我那身黃金甲，心頭大恨。這活是活下來了，以後沒有錢要怎麼生活唷！初空那貨是不知道沒錢的窘迫，在回天界之前，我可是真的不想再嘗到那樣欲吃肉而不得的痛苦了。

可是再恨也無用，如今事實已定，我也唯有接受。

我揉了揉腦袋，扭頭看了眼四周的環境。此處好似是個幽深的溶洞，到處都是鐘乳石。我萬分奇怪，我記得我明明就是被那奇怪的鐵鍊拽到了河底，為何現在卻在這種地方？而且……初空呢？

我扶著一旁溼潤的石壁想要站起來，忽覺下腹一陣刺痛，宛如針扎。我強自忍了一會兒，疼痛卻越演越烈，彷彿有把利刃在我腹中翻攪，令我疼得蜷成一團，緊咬著牙卻還是按捺不住呻吟。

這是……誰給我灌了毒嗎……

「小祥子。」有人拍了拍我的臉。「喂，妳堅持一下。」來人抓著我的肩膀晃了晃。

我在疼痛之中努力睜大眼瞅著那人，溶洞中光線微弱，我只勉強看清了對方的輪廓，然後我呆住了，還沒來得及驚呼，下腹又是一陣絞痛。我弓起身子，努力想掙開那人的掌控，但是手臂使不出半分力氣。我喘道：「鬼……鬼大爺跑出來了……」

我看見那人竟長了一張「楚清輝」的臉。

「楚清輝」皺了皺眉，很是不滿道：「你大爺跑出來了，小爺是初空。」

我倒抽了一口冷氣。「你怎麼……現在長得和我一……一樣？」話一出口，我又嚇了一大跳，我嘴裡吐出的居然是如此纖細的聲音。近來一直用男人的嗓音粗獷慣了，突然女人起來我還相當不習慣。

初空很是嫌棄地撇嘴道：「誰與妳一樣了，妳仔細瞅瞅妳自己。」言罷，他捏著我的手一舉，放到我眼前。

我定睛一看，纖纖素手，柔若無骨，這……這竟是雙女人的手。我有點不敢置信地動了動手指，發現這果然是自己的手。我心頭大驚，下腹大痛，恍然大悟道：「我們……我們這是又換身體了？」

初空點頭道：「雖然不知是怎麼回事，但現在好像確實換了過來。」

我勃然大怒。「兒戲！胡鬧！實在荒唐！」罵完這三句話，我先捂著肚子忍了一會兒，才有力氣繼續憤怒道：「靈魂宿於肉體之中乃是輪迴秩序，天地大道所定，唯有輪迴井方能使之轉換，便是神仙也不能妄自調換生靈命魂，誰那麼大膽敢把我們倆轉換過來！亂了天地秩序！該殺！」

初空斜眼看我。「妳只是不滿意現在換成了這個公主的身子吧。」

我抱著肚子，切齒地恨道：「誰願意莫名其妙來受這份罪！」肚子痛便罷了，真正讓我憂心的是，這公主的身子怕是不用別人害她，她也活不過二十年啊！先前痛在初空身上，我看著雖有些心軟，但沒有這麼切身的體會。

原來……癸水之痛，痛如蛋碎……

腹部一暖，是初空從我身後探手來替我捂住下腹。我身子微微一僵，聽得初空道：「我知道妳現在疼得火大，可這也不是小爺我故意使的招。此處是何處，我們是怎麼來的，我也是一頭霧水。但我想此處定有蹊蹺，才導致了我們靈魂轉換，若是尋得緣由……」初空神色扭捏道：

「若是行得通，咱們換回來就是。」

心頭不知掠過何種感受，我側過頭，藉著溶洞中微弱的光線細細打量初空的側臉。

他扭著腦袋不知望向何處，許是我的目光太灼熱，盯燙了他的臉，他眼睛一轉，飛快地瞟了我一眼，又望著遠方道：「哼……哼！妳可不要誤會！小爺不過是覺得既然投胎都投成了那樣，為神為仙者便應該順應天意，應該……」

他嘟嘟囔囔找不到接下來要說的話，我依舊目光灼灼地望著他。初空忍了一會兒，竟莫名其妙地自己生氣起來。「總之，換回來就是了！妳別盯著我！」他轉過頭來惡狠狠地瞪我。

我眼光一轉，老實地不再看他，目光落在他捂住我小腹的大掌上。這雙手掌的溫暖像是在我的小腹點燃一星火苗，沿著血液的走向，燒了我一身。

我覆住初空的手，激動道：「你要記得！我們說好了！你說了唷！」

初空僵了僵，眼神斜斜落在我臉上，他看了我半晌，微微咬牙。「是啊，我說的……我嘴賤！」

下腹又是一陣絞痛，我忍了忍，笑道：「那咱們就先四處找找吧，老在一個地方待著也不是辦法。」我拉開初空的手，站起身來。「現在好像沒那麼痛了，我們趕快四處看一下這個地方。」

初空盯了我幾眼，率先走在前面。「哼，這可是妳說的，待會兒可不要給小爺喊累。」

一邊走一邊看，我才發現這方溶洞奇怪得緊，明明四周皆是石壁，沒有任何透光的地方，但是這裡仍能讓肉眼視物。溶洞頂上的鐘乳石與其說是石頭，不如說更像是暗器，就等著入侵者一個不留神踩上機關，它們便會盡數落下。越是往溶洞深處走，頭頂上凌厲的殺意便越發明顯。

「喂。」我忍不住喚了前方的初空一聲：「這裡好像有點不對勁。」

「噓，安靜。」初空忽然頓住腳步。

我急急忙忙跑到他身後，緊緊貼著他，有些慌張地四處打量。「什麼？發生什麼情況了？」

我的話音還在溶洞中迴響，忽聽耳邊「咻」的一聲破空之音，一支石箭從上射下，擦過我的耳邊，直直釘在地上。我愣然，抬頭望了眼洞頂，然後拽緊初空的衣裳。「這……這下子糟糕了啊。」

像是要印證我的猜測一般，接二連三的石箭自洞頂射下。初空攬住我的腰，我腹中又是一陣絞痛，一時沒忍住，哼唧了一聲。初空道：「忍忍。」

將軍這副身子換到初空那兒確實好用許多，他摟著我這個累贅左躲右閃，施展輕功飛簷走壁毫不費力，漫天箭雨竟被他盡數躲開。站穩身子，初空滿意地看了看他的胳膊，帶著半分得意道：「這身體鍛鍊得還不錯嘛，小祥子，之前妳怎麼把它用得如此窩囊？」

我抱著初空的腰哆哆嗦嗦半天，愣是沒捋直舌頭吐出句話來。這公主的身體之前小產過，後來初空也不懂保養女人的身子，不知都做了些什麼，方才又泡了那般寒的水，痛得我生不如死。與此時得意洋洋的初空一對比，我現在簡直像是一個半隻腳跨進棺材的廢人。

初空想來是對我的疼痛深有體會，一時竟沒有再打趣我。

洞中沉默半晌，初空忽然一聲輕嘆。「真是……」

我忽覺身子一輕，竟是初空將我打橫抱起，我嚇了一跳，忙抱住他的脖子。初空皺緊了眉頭，頗為不滿地掃了我一眼。「真是個麻煩。」

我眼一瞪。我現在到底是在替誰受這樣的苦啊！

但一想到幸虧我們倆現在身體調換過來，不然方才那一輪石箭便能要了我倆的性命。權衡了一下利弊，我撇了撇嘴，識相地沒與他嗆聲。

初空腳步穩健地往前走，速度竟比方才我倆一起走還要快一些，沒過多久，越走我前面的光線越亮，拐了一個彎，登時光芒大盛。

「這是出去了嗎？」我瞇眼適應了一會兒光線，上上下下將此處一打量，感到奇怪道：「我怎麼覺得這地方莫名有點熟悉。」

這是一方石室，擺著簡陋的桌椅，在石室一角有一張石床。我在腦海裡努力尋找著和這方石室有關的記憶，忽聞初空冷冷一笑。

「自然是熟悉的，小祥子倒是健忘。妳第二世時，要嫁的那個相公可不就住在這麼個破陋的屋子裡。」

「啊！」我腦海中竄出一個紫色的身影。「紫輝！」

我一喚出這名字，初空的臉莫名黑了幾層。我想，約莫是因為那一世初空被那石頭妖算計得太狠了，至今仍舊心有不甘吧。

我拍了拍初空的肩以示安慰，也讓他將我放下來。

「若是紫輝住在這裡，便讓他送我們出去好了，好歹他也算欠你一個大人情不是。」

「哼，誰希罕他幫忙。」初空話音未落，地面忽然一震。初空神色肅了下來，喝道：「誰在此裝神弄鬼，給小爺滾出來！」

石室中靜了一會兒，一股陰風平地而起，繞著我耳邊一轉，忽聽一個女聲悠悠道：「你們，識得紫輝？」

我張了張嘴還沒答話，初空便搶道：「不識得。」好像他這麼一否認，過去的記憶就當真能全部抹去一般。

我在暗地裡抽了抽嘴角，他這種小孩子脾氣到底是怎麼養成的啊？

「你們可識得紫輝？」那女聲又問道，她思緒彷彿有些混亂，就等著別人給她一個確認的答案。

我道：「識得、識得。」

石室中陰風一颳，有一點兒強光自地面冒出來，我下意識地跑到初空身後躲著，探出個腦袋望著那方。只見一個青衣女子驀地從地面竄出來，她搖搖晃晃地站在那方，眼神迷離地望著我與初空。

「你們識得紫輝。」

嗯，我想，若我沒猜錯，這女子應當是個鬼魂吧，還是一個三魂七魄殘缺不全，在世間飄蕩了許久的鬼魂。換作平時，我根本無須害怕這樣的鬼能傷害到我，奈何現在我有一副如此沒用的身體，只好躲在初空背後，緊緊拽了他的衣裳，問：「認識是認識，不過與他不太熟。」

初空聽了這話，回頭看了我一眼，又扭過頭望向那女子。「妳是誰？」

「我？」那女子晃晃悠悠飄了一會兒。「我忘了，我只記得，我是紫輝的妻子，我在這裡等他。」

我呆了呆，猶記得第二世時，紫輝那石頭妖佯裝深情男，以此來蒙騙我一顆又傻又天真的少女心，沒想到，他居然是個有家室的人！

初空又回過頭來看了我一眼，這次帶著過於幸災樂禍的眼神。我惱怒得一掐他的腰，初空反手將我的爪子抓住，又面不改色地轉過去問那女子：「把我們拖到此處的可是妳？」

「是……」

「為何？」

「你們……我覺得你們很危險。」她揉了揉腦袋。「有極大的危險……我是想殺了你們的，結果不小心把你們拖到這裡來了。」

初空又問：「現在為何又不殺我們了？」

那女子迷茫地抬頭望了望我倆，然後敲了敲腦袋。「突然忘了。現在，又覺得你們不大危險了。」

我抽了抽嘴角。這姑娘是因為太笨了所以才被紫輝拋棄的吧。

她莫名地圍著石桌繞了幾圈，嘴裡喃喃自語，唸叨著一些話，然後抬頭盯著我。「妳說，妳識得紫輝是吧？」

我往初空身後藏了藏，只露出眼睛盯著她，然後戒備地點了點頭。那姑娘倏地一笑，宛如暖風之後春花開。「那，妳能幫我把紫輝帶來嗎？我想見見他。」

見她笑得那麼開心，我有些心軟，不敢開口。她如今失了肉身，魂魄殘敗，早就耽誤了輪迴的時間。她入不了地府，註定是個沒有來生的人，見了紫輝又能怎樣呢？

生死兩隔，他們的緣分早已散了。

我沒答話，初空卻道：「幫妳把他帶來了可有什麼好處？實話與妳說吧，我背後這蠢貨沒心沒肺，計較不來得失，但小爺我心裡可是有一桿秤的。妳那夫君紫輝可以說已經欠了我好多筆債，小爺正盤算著哪日空下來了去找他討回來呢。現在還要幫他，呵，為何？」

我戳了戳初空，小聲道：「你能不能不要落井下石，玩小人陰謀玩得這麼開心？看見人家姑娘那個樣子，你居然也能開口敲詐！」

初空斜眼看我。「為什麼不能？」

那姑娘聽了初空這話，呆了一瞬，神情有些無措起來。「我……我不知道紫輝欠了你們什麼，可是、可是我這裡沒有什麼可以幫他還債的……不然……我以身相許？」

不等初空開口，我一跳，生生從初空的背後跳到他身前。「不行！」聲音大得連我自己都嚇了一跳。

七時吉祥

第十一章

石室裡的奇怪女子

這一聲喊，在石室中迴盪了許久才漸漸停歇，我的臉便在這一聲聲回音之中慢慢燙了起來。我僵硬著腦袋，扭過頭看了背後的初空一眼，他也正怔愣地看著我。

「啊……不好意思，我不知道你們是這樣的關係。」

女子輕飄飄的一句話蕩漾了過來，一抹紅暈悄悄從初空的脖子竄到耳根。我也嚥了口唾沫，一甩腦袋，找回神志，惡狠狠地盯著那姑娘。

「胡說什麼！我和他才沒有關係呢！」雖然我與初空現在用的這兩個身體確實有著不淺的關係……

那姑娘繼續天真地開口：「那為什麼妳吃味了？」

這……當真是一個好問題。我燒著臉，揉了揉額角。「誰吃味了，我……我不過是想提醒妳，妳生前既已嫁給了紫輝，便應當從一而終，一女不事二夫。」

她恍然大悟似地捶了捶頭。「方才忘記我已嫁過紫輝了。」

她果然是因為太笨了所以才被拋棄的吧！

「都怪時間太久。」女子望了望石室的頂端。「我等得記性都不好了。」

她眼神空茫，呆呆地走了會兒神。

我不忍心告訴她，她確實等得太久了，久到連殘魂的力量都在慢慢消逝。若再繼續等下去，總有一天，她會徹底消失在世間。

「妳為何要在這裡等紫輝？為何又不自己去找他？」我問。殘魂消耗成這樣，她在此地沒有守上千年，至少也有百年了吧。

姑娘還是搖頭。「我記不起來，但是，我知道自己不能離開這裡。」她滿懷期冀地望著我。「所以，妳能幫我把紫輝帶來嗎？我會幫他還債的，想盡辦法幫他還。」

我回頭看了一眼初空，初空固執地搖頭。「不幫，那石頭妖不是什麼好東西。」

「不對，你說得不對。」姑娘聽了初空的話，著急地反駁道：「紫輝，很好。他很好。」

「哦？妳的紫輝那麼好，為何留妳孤魂獨守此地？妳殘魂破敗，在此處少說也待了幾百年吧，他為何不記掛妳？不親自來尋妳？他是妳的丈夫，不心心念念牽掛著妳，卻還想著另尋新歡。」初空頓了頓。我覺得他這話意有所指，轉眼瞅了他一下，他也冷冷地盯了我一眼，接著道：「如此性情薄涼的妖，妳且告訴我，他好在哪裡？」

姑娘沉默了很久，半透明的身子在石凳上坐下，她捂著臉，聲音顫抖：「對不起，是我不夠好……」

初空張嘴還待言語，我實在聽不下去了，逕自探手將他的嘴緊緊捂住，搶過話頭道：「姑娘妳別哭，誰好、誰不好，這個一時半會兒也沒法爭論清楚。我和這個斤斤計較、小肚雞腸的男人不一樣，我來幫妳。」

初空拉開我的手，陰森森道：「妳想挨揍嗎？」

我不搭理他，不覺得他現在還會對我動粗。

那姑娘聽我答應了，先是呆了一會兒，然後激動地飄到我身邊連聲對我道謝。可在我面前三步的距離，她又停了下來，面露難色道：「妳……妳身上有不好的味道。」

我一愣，抬起胳膊左右嗅了嗅。初空前幾天用這個身體跟在士兵的隊伍裡走，是沾染了些男人的血氣、汗味，但早在落水的時候便被沖刷得差不多了，此時身上還真沒什麼異味。我感到奇怪地盯著那姑娘道：「什麼味道也沒有啊。」

「有……」姑娘瑟縮地答了一句話又退回去。「妳要小心……」她像是想起什麼，正待要說出口，卻一聲悶哼，抱住了頭，蹲在地上，像是極為痛苦的模樣。

我看得心驚，正要上前，初空卻將我往他身後一拉。「妳以為妳現在還是個仙人嗎？肉體凡胎可是很容易就死掉的。」

我沉默了，老老實實站在他身後。

那姑娘呻吟了一會兒，總算緩過神來，她聲音虛弱道：「不好意思……方才要說什麼，我又忘了。」

哪裡還敢讓她再回憶過往，我忙道：「記不起就算了吧。」

姑娘歉然地看了我一眼。「謝謝妳肯幫我，之前讓你們受了那麼多驚嚇，真是對不起。現在我送你們出去吧。」她身子晃晃悠悠地往石室的右邊飄去，半個身子陷進石壁裡，轉身對我們招了招手。「來。」

我抽了抽嘴角。「姑娘，我們可是凡人，沒有穿牆而過的本領。」

她笑道：「這不是牆，你們過來就是。」

初空率先走過去，我還在原地愣神，初空回頭一看我，挑了挑眉。「怎麼，妳還想在這裡待一會兒，睹物思人？」

我在心裡嘀咕，這傢伙從剛才開始就在生什麼莫名其妙的氣啊……

初空卻等得不耐煩似地一把將我的手抓住，拖了我便往前走。

那姑娘的身影消失在石壁中，初空便也帶著我一頭撞向那石壁。哪兒想，這石壁竟如同空氣一般，輕輕鬆鬆便被我們穿過了。

這一頭又是一個長長的溶洞，鬼魂姑娘等在石壁旁邊，輕輕說了聲：「順著這溶洞一直往外走，便能出去了。」她身影一晃，接著便消失在空中，唯留餘音飄散：「若是見到紫輝，二位便與他說，阿蘿一直在等他。我……只記得這個了。多謝。」

聲音飄散，我轉身摸了摸方才穿過的這堵虛幻的牆，手在裡面穿過來又穿過去。我呆了呆道：「幻術？」

一個破敗不堪的殘魂居然還能施幻術！這個發現讓我驚訝不已。那姑娘生前不是得道成仙者，便一定是個禍害人間的大妖孽吧。

初空斜眼瞟我，冷聲嘲諷道：「叫妳隨隨便便答應陌生人的請求，這世上沒有誰有妳想像中的那麼簡單。」

我撇了撇嘴。「有什麼關係，反正她又不害我們性命。」

「她本來是想害我們性命的。」初空說完這話，仰首便往前走。

我小步跟了上去，他走得太快，我腹下大姨媽淌得又歡又痛，忙將他拽住了。不知從什麼時候起，在我與初空獨處的時候，我的膽子會變得大起來，臉皮也會厚上很多，或許是因為我在這個男人面前，什麼樣的醜都出盡了吧……

是以我現在敢一噘嘴，借用方才那姑娘問我的話，直白地問他：「初空，你在吃什麼味？」

初空頓了腳步，身子一僵，沉默半晌，他突然惡狠狠地扭頭看我，顏如修羅。「妳哪隻眼睛看見我在吃味了！」

「兩隻眼睛都看見了。」

初空扭頭就走。「妳想多了，小爺沒那閒空吃妳的醋。」

我抬腳跟上。「你現在就在吃啊。」

他咬牙。「沒有。」

我搖頭嘆息。「我都當著你的面指出過這麼多次你喜歡我的事實，為什麼你就不肯誠實一點兒呢？」

初空腳步一頓，我一個沒停住，直接撞上他的後背。初空突然反手拽住我，一陣天旋地轉之後，後背一痛，是初空將我按在石壁上，他身上屬於男人的味道侵染了我所有感覺。明明……前不久這還是我自己身上的味道，可從另一個人身上傳來，便讓我情不自禁心跳微亂。

初空彷彿要狠心一搏，扭轉他在我面前一直處於頹勢的地位，他一隻手霸氣地擒住我兩隻手腕，將它們舉過頭頂，固定在石壁上；另一隻手挑了我的下巴，讓我仰頭看他。這樣的姿勢極為曖昧，而且充滿了挑戰性。我能感到他的呼吸近在咫尺，噴灑在我臉上。

「那麼，小祥子，」他語帶誘惑，沙啞道：「妳為什麼不肯誠實一點兒呢？」

我直直地盯著他，過近的距離讓我的眼睛幾乎成了鬥雞眼。我眨巴了一下眼，把目光放在他頭頂之上。「我一直很誠實啊。」

「哦？那妳倒說說，現在妳心裡在想什麼？」他在我耳邊吹了一口氣，暖暖的，搔得我耳朵有些癢。我動了動手想去撓，初空卻將我的手腕捏得更緊。「乖，誠實地說。」

我沉默了一會兒，果斷誠實道：「下面癸水淌得很歡，兜布要兜不住了，我們要盡快出去找個地方把這東西換掉。」

手腕上的力道一鬆，我看見初空一臉被雷劈焦的愕然。

我趁機抽回自己的手，捂住肚子，面無表情地往前走。「出去囉。」

身後的初空臉上的神色有多精采我不知道，只聽見他拍了拍臉，狠狠嘆息的聲音，頹敗得慘然。

「妳實在太誠實。」

此時，任我再如何臉厚膽肥，也按捺不住地燒紅了整張臉。初空的呼吸和男子所帶有的灼熱猶在我心口騷動，我在風波大起的內心世界仰天號叫：「你從哪裡學來的招數！勾引人……要不要這麼成功！」

誠如鬼魂姑娘所說，沿著這溶洞一直走，沒一會兒便看見了陽光。明明在洞中不久，但重新接觸到陽光有一種恍如隔世的感覺。

我欣喜地跑出去，耳邊漸漸聽到河水嘩嘩流淌的聲音。出了洞口，我瞇著眼適應了一會兒陽光，看見眼前是一片鵝卵石淺灘，再往前走幾步便是歡快流淌著的河流。我仰頭一看，河的另一邊是懸崖峭壁，正是我與初空掉落下來的那條路。

我回頭望了望身後的洞口，頗有些感慨道：「這處竟不是紫輝住的那個地方，只是裡面的東西為何都與紫輝住所中的擺設一模一樣？」

「還用問。」一路走來，初空已收拾好方才的情緒，又恢復往常的模樣。他頗為嫌棄地看了我一眼道：「一個死掉的女人最懷念活著的時候的幸福生活，方才那地方定是她用幻術凝聚起來的一個虛幻夢境。那堵牆是假的，其他的東西自然也都可以是假的。」

我點了點頭，有些感慨道：「原來，真正在睹物思人的是她。」

初空摸著下巴想了一會兒。「她方才說她叫阿蘿？」

「嗯，應該就是她吧。這名字有什麼不對嗎？」

「沒有。」初空若有所思地回望溶洞。「我只是想起了一些很久遠的天界往事。」

「什麼事？」

初空又斜了我一眼。「在某人被點化成仙之前發生的事，說了妳也不知道。」

鑒於這話中帶有嚴重的對「被點化成仙」的神仙的歧視，我瞇了眼，不滿地看著初空。

他不等我開口，又道：「說來，妳可有覺得方才那鬼魂有點像誰，嗯……或者說，誰有點像那個鬼魂？」

我也不屑地看著初空道：「誰？你？」

「呵，笑話。」初空冷冷笑道：「在小爺的記憶裡，能蠢得與方才那人有一拚的，也只有妳前幾世那個傻透頂的傻祥了。妳難道不覺得妳那一世與這女鬼呆傻的模樣，簡直像極了嗎？」

我怔了怔，沒反駁初空的話，老實將記憶裡傻祥的蠢樣翻出來，與方才的阿蘿一對比，真覺得這二者在某些方面還是挺像的。

我仔細一琢磨，阿蘿說紫輝是她丈夫，他們生前必定要相愛才能結為夫妻吧，想來紫輝也是喜歡著阿蘿的。看阿蘿這副死了很久的模樣，她一定是在傻祥之前便與紫輝相遇相愛了。嗯……如此說來，紫輝在我第二世時要娶我，是不是有部分原因是我與他「前妻」十分相似呢……

我這方正想著，初空卻爽朗地笑道：「哈，知道妳被人喜歡，不是因為妳自己有魅力，我突然覺得身心都舒暢了起來啊。」

「你能不能不要笑得這麼淫賤。」

「我這笑容叫暢快！」

與初空的架剛吵了個開頭，忽聽遠方傳來一聲聲嘶力竭的呼喊。

「將軍！」

我倆抬頭一望，是楚翼領著數十名士兵從淺灘上小步跑了過來。還沒走近，楚翼便憂心大喊：「將軍可好？」

我張了張嘴，下意識想答話，初空卻先我一步，聲音鎮定而穩重：

「尚好，軍隊呢？」

「將軍安心，軍隊已在前方集結，傷亡正在統計中。」

「好。」初空點了點頭。「隨本將回營，待整好軍隊，便入錦陽。」

「是！」

我聽見初空在我身邊陰惻惻地笑道：「小爺要讓衛國人後悔他們來過這世上。」

喂……初空，你太認真了。

行至軍營已是傍晚，此處離被衛國侵占的錦陽城只有二十里地。初空一到營地便亢奮地安排攻城作戰去了。我躺在將軍營帳中，捂著肚子，安心地休養。

任營帳外的世界如何兵荒馬亂，我自泰然不動、安樂自在，這實在是我追求的人生最高境界啊。

我現在這樣的身體實在不適合與其他士兵同住，便一直睡在將軍營帳中。晚上與將軍同寢，白日裡初空忙得不見人影，我也在營帳中睡著，不日軍中便傳出將軍喜好男寵，連戰時也離不得的緋聞。我心裡替那已死掉的楚清輝將軍抱屈，這當真叫一個晚節不保啊。

我每日悠閒逍遙，初空整天點著燭火在營中思索戰術，他忘了我們要跑路的初衷，我也不小心忘了……

只因為他現在這一身鎧甲、滿面嚴肅的模樣，實在是像極了第一世的陸海空。那時陸海空背負著血海深仇，半分笑顏不展，年紀輕輕便故作老成，疏離而戒備地應對所有人和事，每次想到他挺直的背脊，我都忍不住一陣嘆息心軟，連現在也是如此。那時我太不會心疼人，沒有哪怕一次正面給陸海空一個安慰……現在恐怕也是如此。

白日裡，初空在軍營中安排軍務，我會悄悄坐在營帳門口掀簾看他。夜間，他皺著眉頭熬夜，我便躺在床榻上，盯著他呆呆出神。

到底是多麼奇妙的緣分，他們是同一個人，又不是同一個人。在我以為那個人已經完全消失在這世間以後，他偶爾又會用這樣的形式出現在我的面前，以至於我幾乎快要分不清，初空和陸海空到底誰是誰。一如我迷糊地分不清楚，現在我的心底對初空這種若有似無的感情，到底是傻祥遺留下來的，還是因為我自己不經意間動了心？

不論如何，有一種情緒，我無法否認——依賴。

那一世的傻祥像依賴空氣一樣依賴著師父，這樣深入骨髓一般的依賴之情如同附骨之疽，鑽進了我的血脈裡，再也拔不出來。躲在他身後，拽著他的衣袖，便能讓我無端生出濃濃的安全感。

我是自己還是傻祥，我也漸漸分不清楚了。或者，這本來就是一件說不清楚的事情，我是我，那個傻子也是我。

初空書案邊的燭火「噗」地爆出了火花，他放下筆，轉過頭，直直盯著我道：「從前天我就想問了。我是搶了妳肉吃，還是晚上沒給妳床睡？妳這麼成天成夜陰森森地瞪著我到底是怎麼回事？」

我呆怔著，神遊天外的心思還沒緩過來，張嘴便問：「你說，怎樣才會喜歡上一個人？」

初空被我問得一愣，沉默半晌，突然惡狠狠地開口：「我怎麼會知道！」像是極為仇恨我問的問題一樣。

我感到奇怪。「你不是喜歡我嗎？來說說，你到底喜歡我什麼？怎樣喜歡上我的？」

初空將手裡的筆桿子「啪」的一聲捏斷，咬牙切齒地道：「妳不要得寸進尺。」

「原來你也不知道啊。」我悵然。到底為什麼會喜歡上一個人呢……不知為何，腦海裡突然閃現出那日幽黑的溶洞中，初空曖昧而沙啞的嗓音在我耳邊帶起的搔癢，耳朵莫名燙了起來。

我沉默下來，營帳中靜默一會兒，忽聽初空一聲輕咳。

我抬頭望他，見他重新拿了枝筆，在硯臺裡翻來覆去地蘸墨。「妳自己不知道嗎？」他道：「曾……曾經喜歡上陸海空的時候，為什麼會喜歡？」

為什麼會喜歡陸海空？

他這個問題難倒我了，我想了許久，猜測道：「大概是因為……他很好欺負吧。」任人捏扁搓圓，也不會反抗半句。我想了想，又道：「或許還因為，他只對我一個人溫柔。」想起陸海空每次滿身疲憊都還堅持對我微笑的面容，我心頭不由得一軟，笑了起來，可下一瞬，酸澀接踵而至，我無言埋頭。

歇了好一會兒才散掉心間情緒，我抬眼去看初空，卻見他神色怔然，眼中是我看不懂的複雜情緒。我嘆道：「你不用糾結，我知道那不是你。」

初空眨了眨眼，垂下頭，拿著筆在紙上慢悠悠地寫了幾個字，又開口：「別把別人都想得和妳一樣蠢。我一直都知道我是誰，誰是我。」

這話過於高深，實在是超過我能理解的範圍，我琢磨了一會兒，覺得與一個男人探討感情話題其實是探討不出什麼結果來的，於是我識相地轉了話題道：「我以前倒是沒看出來，你還會行軍打仗，做將軍還做得有模有樣的。」

「妳不知道的事可多了去了。」他斜了我一眼，語氣又恢復往日的高傲。「小爺在昴日星君手下做事之前，行的可是武職。」

我想了一會兒，道：「也是，哪個文職能養出你這種脾氣的神仙來。」

初空嘴角抽了抽。「妳早點睡死過去吧。」

我如他所願，雙眼一閉，兩腿一蹬，裹了被子在床上躺得直挺挺的，睡了過去。

經過幾天的地形勘測與戰術謀劃，初空終於披上戰甲，衝鋒陷陣攻城去了。我與幾個小隊的士兵被留下來看守糧草，自然，我是被留下來的，而別人是看守糧草的。

對我來說，這是一個與平時沒有兩樣的日子，只是軍營裡安靜許多，我掀開營帳門簾看不見初空忙碌的身影了而已。

到了下午，錦陽城那一方硝煙四起，看來初空攻城的架勢拉得挺大。我閒得就差沏一壺茶，蹺腿看天了。

忽然，存糧草的那方軍營突然有了響動，我心中一驚，猶豫一番，心想，初空要贏了這一場仗才肯心甘情願、舒舒坦坦地歸隱山林，我為了他更是為了自己，幫幫他也沒什麼不好……

我隨身揣了一把匕首，手中提了一柄劍便悄悄摸過去。果不其然，有數十名黑衣人正在與看守糧草的士兵廝殺，有人趁機放火，意圖燒了我軍糧草。這邊既然能看見錦陽城那方的硝煙，那一方必定也能看見這邊的黑煙，彼時後院起火，戰鬥中的軍士難免亂了軍心，初空想贏，可就困難了……

我現在是一名手無縛雞之力的弱女子，一陣風便能將我吹飛似的，我沒能力蠻幹，只好躲在一座營帳後，仔細觀察那群黑衣人。他們雖穿得一樣，但不管什麼任務必定有一個領頭者，若將那人殺了，別的自然好辦。

仔細看了一會兒，我漸漸發現這些黑衣人都有意無意地護著一個身材嬌小的人，並且聽從他的命令與指揮。我在心裡呵呵一笑，沒錯，就是你了。

我看了看手中的劍，覺得憑我現在的能力恐怕連他們之中最弱的一個也打不過。

我左右尋了一番，猛地發現在不遠處掉落一把弓弩，心頭一喜，我悄悄摸了過去，將弓弩撿起來。我這方正在鼓搗，忽見一道黑色的陰影自我背後投下，我心頭大驚，立即扭過身來，想也沒想，弩箭逕直射出，直中那黑衣人的褲襠。他蒙面黑巾後的眼睛倏地瞪大，一聲驚天慘號脫口而出，其慘痛程度恕我無法贅述。

他捂襠倒地。我心覺此招雖是情急之下的無奈之舉，但還是過於陰毒，我忙一個勁地對他道歉，但倒在地上的人已經做不出反應。

周邊的空氣靜默一瞬，一個女子的聲音大喊：「活捉她！她是齊國的青靈公主！」

我扭頭望去，是那個身材嬌小的人在發號施令。這……竟是個女人，而且她的聲音怎生讓我莫名熟悉。

我想了一會兒，恍然大悟。「馨雲！」不待我多做感想，後頸一痛，我眼前開始一陣一陣地暈乎。糟糕，我想，這次真要去地府親閻王的臉蛋了！

初空會來找我的吧？找不見，他會不會像陸海空一樣慌張失措呢？突然有點想看看他陣腳大亂的模樣啊。但是，那麼傲嬌又死要面子的人約莫裝也會裝出鎮定來吧。更何況，他實在沒必要因為我而大亂陣腳。我們不會「死」，誰都清楚。

再次醒來，我周身皆是難忍的寒意。癸水雖完，但這樣的寒冷仍舊讓我感到刺入骨髓般難受。我抱著手臂搓了搓，掃視一圈四周，不知這是何處枯木林，地上的雪被掃開了，一堆黑衣人坐在一起，沒有點火，沒人說話，沉默而壓抑地閉眼休息。我看了看腳上的鐵鍊，輕輕動了一下，鐵鍊的響動立即驚醒了靠近我的幾個黑衣人。

他們即便是在睡夢中也不曾脫下蒙面黑巾，透過黑巾露出的幾雙眼睛冷冷盯著我。

我撇了撇嘴，小聲道：「不能生火嗎？好冷。」

「妳以為這裡是齊國都城嗎？公主殿下。」一個女聲在頭頂嘲諷我。「想要溫暖，就不該任性跟著楚清輝來戰場。」

我仰頭一望，馨雲坐在我背後的枯樹之上。她現在這副模樣與在京城勾引楚清輝時全然不同了。我道：「不是我想來的。」若不是初空較真了，我現在又豈會被綁到這裡。

「那個楚清輝竟然會讓妳跟著上戰場？」馨雲的聲調一變，她翻身躍下樹，行至我面前，一手挑起我的下巴。「妳到底是用什麼，才能把那樣一個男人迷得不分輕重……」

我想了一下，繼續發揚我誠實的美好品質。「用身體。」靈魂互換，身體共用，這一世的我和初空之間，沒有祕密。

馨雲僵了一瞬，臉色一白，倏地難看地笑了。她將唇湊到我耳邊，輕聲道：「妳現在且占盡嘴皮子的優勢，妳讓我有多不舒坦，我便十倍還給妳，還給楚清輝。」她的手摸著我的喉嚨，帶著危險的意味。「彼時，妳再喜歡他，他再喜歡妳，妳二人反正是不能在一起的。」

我看了馨雲一會兒。「妳喜歡楚清輝。」

馨雲盯了我半晌，倏地勾了勾唇角，而眼中卻盡是怨毒。「公主說笑，這事，妳不是早就知道了嗎？」

「可是妳是衛國細作。」我覺得楚清輝這男人生前未免太辛苦了，兩個喜歡他的女人在政治上都與他處於敵對地位，他要是不知道便罷了，可他一旦知道了，這兩個送上門的女人就都吃不得、碰不得，多讓人撓心肝。不過那將軍好似也是個不按常理出牌的人，先讓這馨雲有過身孕，又讓這公主有過身孕……

「是又如何。」馨雲捉了一束我披散下來的枯黃頭髮，放在手中輕捻。「我得不到，妳也得不到。時至今日，我也不怕承認，那碗打胎藥不是楚清輝讓我餵妳喝的，我就是要讓你們互相仇恨。看著妳把刀刺入他的胸膛，然後自己服了毒，妳知道我有多開心嗎？只可惜，你們倆都沒死。」

不用可惜……公主和將軍真的已經被妳玩死了。

我心中最後一個結終於解開，原來將軍是被公主刺死的。想來當時是這個馨雲以楚清輝的名義讓青靈公主喝下打胎藥，公主心有不甘，在將軍來看她的時候將他殺了。回想一下當初我醒來之時，胸膛插著的那把匕首，公主應當是把吃奶的勁都使上了；而將軍身為一個身手矯健、孔武有力的男人，居然會被一個弱女子刺死，他……應該也是心甘情願的吧。

公主殺了將軍，又知道自己即將失去孩子，傷心絕望之下，服毒自盡了。

我在心底嘖嘖嘆息。若是我與初空喝了孟婆湯，沒有性別轉換，我們就此投在這公主與將軍身上，從小種下孽緣，糾纏著長大，這真是一齣極狗血的苦情戲。

只可惜……我們齊心協力把正劇扭曲成了爆笑劇，李天王，真是對不起。

頭皮一痛，是馨雲扯了扯我的頭髮，她冷冷一笑。「不過也沒關係，讓你們生不如死也是一種不錯的選擇。」

看著這個姑娘還在命運的擺弄下盡心盡力地演著正劇，我心裡有些嘆息。我相信每個人都有善良正直的一面，她會長歪成現在這個樣子，不都是這狗血人生逼的嗎？

為了更好地配合她，我用心提出建議。「生火吧，不然妳還沒玩夠，我就凍死了。」

馨雲盯了我一會兒。「妳倒是與從前大不相同。」

自然，一國公主背著一堆什麼家國榮譽，斷不會向誰低頭；而我……為了晚一點兒見到閻王，暫時向別人低一低頭也沒什麼關係。

「整裝，上路。」馨雲倏地大聲發號施令。我便見那一群黑衣人快速起身，列好了隊。馨雲冷漠地看了我一眼，眼底帶著嘲諷。「青靈公主既然覺得冷，就與我們一同趕路，應當會好些。」

我望著馨雲，突然有種帶她去黃泉路上晃一圈的衝動。這姑娘長歪得太厲害，還是回爐重造一下吧。

跟著衛國的一群細作趕路實在是個苦力活，大冷的天，白天、夜裡皆不能生火取暖，日夜顛倒地趕路，每日只能休息一會兒。這公主的身體本就不好，如今被這麼一折騰，先是傷了風，後又開始嘔血。我眼睛整日昏花得看不清東西，雙腳也如灌了鉛般抬不動，如今除非誰拿繩子將我拖在地上走，不然我是半點也走不動了。

馨雲最終做了決定，將我扔在荒野雪地中。此時我倒是更希望她能一刀將我殺了，我還舒坦一些。左右，我掙扎著也活不過二十年了。

不知過了多久，我身體已經麻木得不知冰冷和疼痛，我忽而睜開眼看看頭頂令人眩暈的光，忽而閉上眼能看見越來越清晰的黃泉路。生死之間，我彷彿看見有個人焦急地向我跑來，越過生死，越過黃泉小道，然後——

狠狠抽了我幾個巴掌，他將我當作破布一般抖了抖。「起來！妳敢閉眼試試！」

……有你這樣的英雄救美嗎？來晚了不說，還如此粗魯。

「我帶妳去找大夫。」初空一把抱起我，走了兩步又罵道：「都跟妳說過了不准在雪地裡睡覺！不准在雪地裡閉眼！」

他話音一落，我忽覺心頭一空，神志消失了一瞬……於是，我在他懷裡閉了眼。

黃泉路在我面前打開，沒有鬼差來引路，我也沒急著走，少了身體的束縛，沒了寒冷與病痛的折磨，我站在初空身邊靜靜地打量他。他那張將軍的臉上長了不少鬍碴，許是連日來的追逐讓他顯得有些憔悴。

他身體有些僵硬，探手摸了摸我的頸項，我想，應該感覺不到脈搏的跳動了吧。初空明明知道我是不會「死」的，但方才他那一瞬間的神情，讓我恍然記起了多年前的陸海空。那個少年把他的哀傷都藏在我的心底，此時卻被初空不經意間勾了出來。

「蠢……東西。」初空咬牙切齒，一時竟讓我分不清他罵的是我還是他自己。但我能聽見他聲音中帶著讓我無法忽略的哀傷。雪地、山野或許是勾起了他什麼不好的回憶。

我一聲嘆息，剛想踏上黃泉路離開，忽聽初空道：「妳若還在，便聽好。」

我老實站住，聽好。

「這筆債，我自會幫妳討回來。」

我點頭，這是必須的。時至今日，初空若不虐一虐衛國，就太對不起我了。

他捏了捏那具屍體的嘴，道：「還有，下地府，不准親閻王的臉。」

我抽了抽嘴角，這又不是我能決定的。閻王若是要強迫我，我能如何？

初空將那屍體抱了一會兒。「妳不准親，一切等我下去再說。」

開玩笑！他下地府肯定是二十年之後了，難不成我還要在下面等他二十年嗎？我……乾脆先跑了吧……走上黃泉路之前，我回頭看了一眼初空漸行漸遠的背影。

孤獨、蕭索，挺直的背脊像是什麼也壓不垮一樣，倔強而且逞強。

我突然覺得，等一等他，二十年、三十年，或許也沒什麼大不了。

第十二章

十個銅板的豪賭

再入地府，我望著高大的「幽冥地府」牌匾，嘆了好一會兒氣，然後抱著必死的心態，在小鬼們的注目下含淚去了閻王殿。

推開閻王殿的大門，出人意料地沒有聽見閻王打呼嚕和咂嘴的聲音，只看到在閻王巨大的書案旁邊擺著一個小桌。判官在小桌上埋頭於一堆文案之中，奮筆疾書，連我進來，他也沒抬頭看一眼，只丟出隻言片語。

「有事，說。」

「呃……我又來了。」

話音一落，判官終於肯從成山的文案中抬起腦袋，打量了我一眼，然後繼續埋頭幹活。「嗯，看見了。」

這個冷處理的方式讓我全然沒想到。我等了一會兒，想著長痛不如短痛，狠心問：「閻王呢？我是來領罰的。」

判官冷冷答：「去天界出差了，還沒回。」

我眼睛一亮。「那我是不是可以直接去投胎，不用管他了？」

判官又冷冷看了我一眼，一副「妳想得倒美」的嫌棄模樣。「在地府乖乖等著。」

我失落至極，嘆息著問：「那我還要等他多久啊？」

「天上一天，人間一年，閻王去了快一年的時間，他至多在天界再待個兩、三天，不久。」

這對下界來說就是兩、三年的時間啊！神仙壽無盡，等個兩、三年也不算多久，但連著過了這麼多世的凡人生活，我也逐漸在乎起時間來。兩、三年……也夠初空收拾衛國了吧。

我收拾好心情，振作起來，剛想走出閻王殿，趁這兩、三年空閒的時間逛逛地府，忽聽判官冷冷地喚住我。

「妳去哪兒？」

「我打算來一個幽冥地府兩年長假遊。」

「長假？」判官聽到這兩個字，眼中綠光一閃，他狠狠地將一堆文案擲到地上，瞬間暴怒。「妳居然敢在我面前提長假！地府因為人少，所以每個鬼都是全年無休的妳知道嗎！熬夜加班是沒有獎金的妳知道嗎！帶病上崗是最正常的工作態度妳知道嗎！妳居然還敢在如此忙碌的地府做長假遊！很好、很好，我明白了，你們這些仙人下來投胎轉世就是為了折磨我們的吧。很好、很好，我懂了。待閻王回來，我定會讓他要妳幫鬼差們舔鞋好嗎？讓妳嘗嘗辛酸的味道是什麼樣的行嗎……」

我扶額，連忙擺手道：「我懂了、我懂了，你要我幫什麼忙，我幫。」

判官又坐回去，一邊寫東西一邊道：「先幫我把地上的文案撿起來收拾好，閻王桌上有需要蓋章的文件，左邊是可以蓋章的，右邊是要畫叉的，妳只要做這個體力活就好。」

便當我是在做善事積德吧，我如是想著。我老老實實走到閻王的位置，但看見桌下一堆小山般的文案，我瞬間傻眼了。「那個……閻王平時為什麼會這麼閒？」

判官面無表情道：「因為這些東西他都一直剩在這裡。若不是我在他出差之後打掃，他的東西就會一直剩在這裡。」

我果斷道：「既然如此，你便當你沒打掃過，也不知道這裡有這些東西就好了。」

判官冷眼看我，我識趣地坐下去開始工作。然而事實證明，我如閻王一樣，確實不是一個做這種死氣沉沉的工作的料。

做了不到七天，我便開始左顧右盼，無法集中心神。瞬間我也有點明白為什麼閻王每次看見我和初空下地獄後，都會露出那麼興奮的表情了。因為地府的生活實在是太無聊，要找點兒樂子實在是太困難了……

在閻王的書案上趴倒，有個硬邦邦的東西頂住我的臉，我好奇地撥開重重文案，在裡面找到一面鏡子。這面鏡子讓我覺得有些熟悉，我問判官：「這個是什麼？」

判官抬頭掃了我一眼。「前世鏡。妳好好工作。」

我忽視他後半句話，又問：「可以用來幹什麼？」

「看見妳心中所想見的人的前世今生。說了讓妳好好工作！」

我點了點頭，又忽視了他後半句話，然後對著鏡子睜大眼瞅了瞅，恍然記起先前閻王不就是用這個東西想讓我看見陸海空的那一世嗎？而那時我沒忍心看，現在……也不忍心。

我心裡正想著，忽見鏡面一陣波動，我看見一張熟悉的臉，是將軍空。他身披重甲，騎在戰馬之上，他身上的氣場與將軍這個身分奇妙地結合在一起。一時我竟有些不敢相信，鏡子裡看見的這個男人會是我所熟悉的那個又傲嬌又嘴賤的初空。原來，在我看不見的地方，初空竟也會有這樣的神情，他這模樣簡直與那個背負著仇恨、心靈卻如水草般柔軟的陸海空一樣……

至少，我看見的是那樣。

「殺！」他舉起長劍，直指蒼穹。戰場上的喧囂和無數人在生死之間的嘶喊清晰地傳進我的耳朵，凝肅的殺氣彷彿透過鏡面，讓我寒毛顫慄。

我扣下鏡子，不想看下去。

接下來的幾天，我出乎意料地能將心沉下來，反覆地幹著畫叉、蓋章的工作；又或許我根本就沒沉下心來，而是一直處在失神的狀態。

終有一日，我猶豫著一邊蓋章，一邊問判官：「你說，初空他還記不記得陸海空那一世的事情啊？」

判官白了我一眼。「妳喝過孟婆湯那一世的事情妳還記得嗎？」我點頭。判官冷哼。「那不就結了。」

「可是，我是說……」我斟酌了一會兒語言，道：「那一世的感情也會留下來嗎？」在我看來，傻祥遺留給我的，只有對初空的依賴，還有對他那種莫名其妙的信任。

雖然我很理智地覺得那一世的傻祥實在是所託非人。

面對我的問題，判官斬釘截鐵地道：「妳若是問的是初空神君，我這裡只有一個答案。」我睜大眼望他，判官道：「妳瞎了嗎？還看不出他一直喜歡妳。」

「喜歡」這話雖然我一直都在與初空玩笑般說著，但陡然從別人嘴裡聽到，如此直白地捅破這層紙，我的臉霎時燒了個通紅。

「是……是……是……是這樣嗎？啊，原來是真的啊，我還一直當玩笑來說……原來是真的……他是真的喜……喜……喜歡我啊。討……討厭！我好害羞！」

判官嘴角抽了抽。「妳裝什麼純情，這不適合妳。」

我嫌棄地咂舌。「你就讓我裝一下唄。陡然聽見這種話，我僅剩的女子情懷還是會嬌羞一下的好不好？給它一個機會！」

「那妳繼續。」

我扭過頭，臉頰是真的有些許灼燒起來。我想……或許這樣的心情也是傻祥遺留給我的吧。

在書案上歇了一會兒，我又摸出前世鏡，我甚至都還沒來得及意識到自己心裡想的是什麼，鏡面便一陣波動，又顯現出了將軍空的臉。

此時他蹺著二郎腿，大爺一樣坐在太師椅上，與前幾日在戰場上的感覺全然不同，又變成了往日那般小賤小賤的模樣。他跟前有一個被五花大綁扔在地上的女子，我瞇眼一看，那人竟是馨雲。

初空和馨雲……

「妳說說，妳喜歡什麼？」初空抿了口茶，眼神斜斜落在馨雲身上。

即便是在這樣的情況下，在初空面前，馨雲仍舊沒忘了抿脣淺笑。

「妾身喜歡什麼，將軍還不清楚嗎？」

言下之意，喜歡的便是將軍吧。我撇嘴，若是將軍這身體裡裝的還是我的靈魂的話，我應當會當場尿上一尿，然後再質問她喜歡還是不喜歡，徹底毀了她心中將軍的形象，是為上上策也。

初空聽了她這話，點了點頭。「說實話，我確實仔細調查過妳喜歡的東西。落梅白玉簪、紫檀木佛珠、青花白底絲絨袍……若我沒記錯，這些東西應當都是以前我送妳的吧。」

馨雲含羞地點了點頭。初空瞇眼一笑，若是我沒理解錯的話，他這個笑容的意思便是他有什麼陰謀成形了。

「當初妳走得匆忙，這些東西都留在我京城別院中，這幾日我命人尋了來給妳，妳可看看這些是不是妳當初最愛的那些？」

馨雲似有些不敢置信地望著初空，眼底帶著茫然，但更多的是感動。「將軍……」

我嘆息。姑娘，妳太認真了，妳怎麼能和初空較真呢？那是個毒物啊！

「妳確定就是這些？」

「嗯，沒錯。」馨雲眼裡的溫柔都揉碎成一團光。

「很好。」初空點頭，聲色一轉，冷淡道：「都給我砸了。袍子砸不壞便撕作布條燒了吧。」

馨雲眼神一空，她眼睜睜看著周圍五大三粗的漢子動手，將她最喜愛的那些東西砸了個粉碎。她呆呆地望著初空道：「為什麼啊？楚清輝，你是在報復我嗎？因為我害死了青靈公主？」

她彷彿按捺不住心頭的恨意，臉上的神色漸漸有些瘋狂起來，一如當初她看「我」的眼神。

「你就那麼想報復我？為了那個賤人！你把什麼都給了她！地位、財富，還有孩子！你什麼都給了她！就連咱們唯一一次，喊的也是她的名字！我哪裡不好！我哪裡不好！」

初空靜靜地看著她。「妳沒哪裡好，聲音太尖，廢話太多，心腸太毒。最不好的是，妳手賤，把我的玩具玩壞了。小爺心情不好，想將妳也玩壞一下。妳且說說，妳如今還喜歡什麼？還在意什麼？我都毀給妳看看。」

「呵呵，你想報復我，你儘管報復吧！」我深深覺得這兩人的對話沒有在同一個層次上，馨雲還是陰狠道：「以前你們中間隔著朝堂鬥爭，無法在一起，現在你們更沒法在一起！你們永遠都見不到了！這一輩子，楚清輝你都沒辦法過得舒坦！」

她這話若是聽在真正的將軍耳裡，只怕還有幾分殺傷力。

初空皺眉，掏了掏耳朵。「把她的嘴給我堵起來，聲音尖得吵死人。」他圍著馨雲轉了一圈，道：「妳且聽著，小爺我收拾妳只是因為妳欠收拾，我不對女人動手……」

我在心裡默默道，騙子。

初空接著說：「所以以後，這輩子過完了，妳投胎都別出現在我面前，不然見妳一次收拾妳一次。」

初空命人將她架了出去。

他獨自坐在太師椅上喝了一會兒茶，突然對著空無一人的大廳一聲嘆息，然後喃喃自語道：「應該還沒親吧。」

他這沒頭沒尾的一句話，我愣是聽出了其中的婉轉心思，當下傻了一般咧了嘴，對著一面鏡子咯咯笑了起來。

一旁的判官火大地拿了一疊文案砸在我頭上。「好好工作！」

我心情頗好地扣下前世鏡，心想，原來初空在我看不見的時候，誠實得這麼可愛啊！他果然是個口是心非的死小孩。

若是我現在看不見初空，應當也會止不住想念他……吧？如此說來，我似乎也是……

喜歡他的……吧？

我埋頭在一堆文案中，突然有點擔心我這一臉灼熱的溫度會不會將閻王書案上的紙全燒起來。

在地府工作的日子伴隨著我時不時偷看前世鏡消遣著混過，眨眼間便過了兩年多。

鏡中的初空在這兩年多的時間裡，領著大軍收復了被衛國侵占的土地，連著反咬回去吞掉了衛國五座城池。衛國國君命人遞了降書，初空逕直撕了降書，讓衛國再割地賠款，並承諾五十年內不犯大齊。衛國國君又掙扎一番，於是初空又吃掉了他三座城池……衛國國君終是答應初空的要求。

在齊國皇帝的召喚下，初空班師回朝。這一次，將軍的身邊再沒有各種閒碎流言。他凱旋的那日，人間下了漫天大雪，騎在高頭大馬上的他望著天空，停駐了許久也沒前進一步。他這樣的身影竟讓我覺得有點莫名的蕭索和孤獨。

或許初空天生便與雪這種東西氣場不合吧。

他獲得大成功後，應該會在人間風風光光過完剩下的十幾年。我和他下一世應當真的會錯過了……

存了這樣的想法之後，我日子便過得無精打采起來，能偷懶便努力偷懶，就等著閻王下來將我罰完了走人。可在全年無休的幽冥地府某個工作日，我按往常的習慣，在地府溜躂一圈之後，正準備去閻王殿開始今日的工作，至黃泉路那一方時，忽見漫漫長道那頭走來一個熟悉的身影。我瞠目望他，不敢置信地揉了揉眼睛。

他也看見了我，腳步微微一頓。

隔著幽冥地府的瘴氣，我倆遙遙望了許久，愣是沒有一人先開口說話。

他終是抬腳向我走來，站定在我面前三步遠的距離。我盯了他好一會兒，兩年多時間只在鏡中看見初空，現在陡然間見到真人，各種繁雜心情之上，我竟有種要衝上去抱抱他的衝動。

這個衝動讓我心頭一驚，我忙收斂情緒，對著他笑了笑。一轉眼，卻見他雙手放在身側，拳頭捏了又鬆，鬆了又捏，也像是在遏制著什麼衝動。難不成……他也想抱抱我？

我臉上笑得燦爛。「唷！好久不見，在人世幹得還不錯……」

我話未說完，一個小鬼突然從我背後跑過來將我狠狠一撞，我踉蹌了一步，緊接著第二個小鬼也撞上我，我又踉蹌了一步，第三個小鬼又撞上我，我再踉蹌一步，身子一個沒穩住，一頭撞在初空懷裡。

接二連三撞了我的小鬼們向著黃泉路那頭狂奔而去，一會兒就沒了影，獨留我尷尬地撞在初空懷裡，感覺他的雙手環在我的背上，將我輕輕摟住……

當真，抱了一抱啊！

我臉頰有些發燙，但是私心發作沒有掙開初空的手，任由他將我摟著。他也出人意料地不說話、不鬆手，只是輕輕抱著我。

這……場景怎麼看怎麼曖昧啊……

「初空。」憋了半晌，我終於燒著臉皮道：「你這是什麼意思？」

隔了半天，頭頂上才傳來一聲傲嬌的冷哼。

「小爺……小爺不過是手抽筋了，暫時拿不下來而已。妳別多想。」

「我……我也只是腿抽筋了，暫時靠你一會兒而已，你也別多想。」

忘川河水在我耳邊奏出歡快的曲調，穿梭而過。

初空的胸膛帶著記憶中的溫暖，讓我彷彿又回到風雪山莊的那個小屋，和那一生唯一的師父靜靜躺在床上，全心全意依賴，全心全意信任和喜歡。

那些不習慣和僵硬不知不覺慢慢消失，我伸手，正要環住初空的腰，忽聽一個熟悉的聲音帶著莫名的亢奮，從黃泉路的那頭傳來——

「哎呀，我這是看見了什麼？亮瞎眼！有兩個冤家二貨抱在一起了哎！」

宛如平地一聲雷，驚得我與初空瞬間推開彼此，驚魂未定地看著來人。

剛從天界回來的閻王還穿著一身繁複的禮服，他摸著下巴，睜著一雙亮閃閃的眼，在我與初空之間看來看去，約莫是覺得一回地府便看見了我與初空，打心眼裡高興吧。

「你們別緊張嘛，我又不是來做小三插足的，你們可繼續啊，方才我見你倆摟得挺銷魂啊。」

「誰！誰和她摟得銷魂了！」初空在我身邊鼓著腮幫子吼。「小爺……小爺不過是抽筋了！只是抽筋了！」

我也鼓起了腮幫子吼：「誰希罕和這二貨抱一堆！我不過也是抽筋了而已！」

「我明白、我明白，我都明白。」閻王賤賤地笑著連連點頭。「年輕人嘛，折騰折騰也是好的。」

這傢伙看我們折騰，心裡其實是在暗爽吧。我留了情面，沒有戳穿他。畢竟，我想到我與初空在人世沒活過二十年，還要受他的懲罰呢……

我這方還沒想完，初空忽然將我的肩一拉，嚴肅地盯著我道：「妳親了沒有？」

我眨著眼，怔了許久。他……這算是在意我嗎？看過前世鏡中的將軍空，我怎會還不明白他心中所想。面對如此隱藏在暗處的赤裸裸感情，我難免有些羞澀。

哪兒想，在我羞澀之際，閻王卻摸著下巴，憨厚地笑道：「親了唷。」

捏在我肩頭的手驀地一緊，初空的臉登時青了起來。

閻王繼續憨厚地笑。「可狠狠親了呢。」

初空捏著我肩頭的手又是一緊，他咬牙道：「妳就不能等我一等……」

我……一直都在等你。當然，這樣的話我說不出口，只狠狠瞪了閻王一眼，冷聲問：「我什麼時候親了？」

閻王繼續憨厚地笑道：「妳在地府日日思君不見君，為君消得人憔悴，妳這形容可比之前消瘦了不少，肯定輕了。我說錯了嗎？」

我挑了挑眉，初空捏著我肩頭的手一鬆，神色怔然了一會兒，而後恍然明白過來他被耍了。

我清楚地看見他額上的青筋跳了跳。

「閻王，你竟敢……」

赤紅的長鞭對著閻王呼嘯而去，閻王側身一躲，忙道：「哎呀、哎呀，我錯了，初空神君真是不可愛，玩笑嘛，玩笑。」閻王被初空的鞭子逼著連連退了幾步，剛一站穩身子又瞇眼笑了起來。「不過，可見初空你對小祥子著實用情至深，臉都綠了。」

他說得那般亢奮，活像是初空為了他的貞操而和別人急綠了臉。

為了不讓初空失控，我忙上去攔住他，道：「你忘了，咱們還要受他處罰……」

初空一怔，咬著牙，頗為不甘心地收了鞭子。

閻王撓了撓頭，也擺了一副頗為不甘的模樣。「說來，你們倒是不必擔心這事了……」

他話音未落，黃泉路那頭驀地踏來一團白乎乎的仙氣，如此祥瑞之氣讓久不曾回天界的我精神都跟著振奮了一下。

在那團仙氣的腳邊，是方才撞了我的那三個小鬼，他們笑咪咪地在那仙人身邊轉悠。

「大仙，這邊請。」

「大仙慢慢來。」

他們笑容和藹可親，與方才撞了我便狂奔而去的背影全然不同。待走得近了，我才看見那白乎乎的仙氣之中竟然是太白金星。他不好好在天界享清福，來地府做什麼？

「閻王行得可真快，我都跟不上您了。」太白金星走到閻王身邊，搖頭嘆了一會兒。「老骨頭走不動了，您地府的瘴氣可真是越發重了啊，老骨頭可不能多吸。初空神君與那祥雲仙子何在啊？傳了陛下的旨意，我可得快點回去。」

閻王指了指我。「可不在那兒嗎？」

太白金星在天界是出了名的眼瞎，他向我與初空這方走了好幾步，才將我們看清楚。他連連點頭。「沒錯、沒錯，是了、是了。嗯，來，陛下的聖旨在這裡。」

老人家弓著背在懷裡摸了許久，然後撓頭道：「嘶……咦……陛下給的聖旨去哪兒了？哎呀，我這老骨頭，莫不是趕路趕掉了吧。」

我嘴角抽了抽，初空也跟著我一起抽了抽。「你袖子裡的那個不是嗎？」

太白金星恍然大悟。「啊，這裡、這裡，老骨頭記性不好了啊，你們等等，我來唸。」

初空忙道：「別，你歇著，我們自己看就好。」說著，他從太白金星的手裡接過聖旨，打開一看，眉頭一挑，又瞇起了眼。他合上聖旨，望著閻王道：「你最好解釋一下這是怎麼回事。」

我好奇地湊了腦袋過去，要看初空手裡的聖旨，卻被初空瞪了一眼，那眼神簡直就像是在說「大人辦事，小孩在旁邊乖乖等著」，我覺得我被深深地鄙視和嫌棄了。

閻王摸了摸鼻子。「嗯，總的來說就是，十八層地獄下面破了個洞，那個洞恰好與人界的某處山脈相連了，為了防止地獄中的邪氣洩漏到人間，特命你與小祥子二人去採石填補這處漏洞。考慮到這事著實有點困難，所以玉帝琢磨著給你二人一點嘉獎。」

聽到「嘉獎」二字，我腦海裡登時塞滿了金燦燦的黃金，亢奮地大聲問：「什麼嘉獎？」

閻王摸了摸下巴，意味不明地笑道：「本來嘛，你們還有三世情劫要歷，但是呢，若你們完成了這個任務，下面那幾世情劫便不用歷了。正好李天王也苦惱著你們沒有哪一世是乖乖按照他寫的命格走的，他也不想再給你們安排情劫了。」

這個獎勵方式聽得我與初空皆是一愣，我心頭莫名空了一空……

照理說，我是一直懷著逃離七世情劫的心態在度劫的，但此時陡然聽見有一個方法可以讓我光明正大地擺脫初空，回到仙界，繼續做我的閒散仙子，我竟莫名其妙地開心不起來。

我身邊的初空也沉默著。

閻王繼續道：「考慮到人間的秩序，你二人還是要以輪迴轉世的形式投胎去人間，只是每一世你們用的都還是自己的身體、都還有原來的法力。若在人世不幸死掉了，就回到地府繼續投胎。總之，你二人什麼時候將那洞口堵上，什麼時候就能恢復仙身，重返上界。」

我側過頭望了初空一眼，見他正皺眉思索著什麼，便開口問閻王：

「要補那個洞，得去採什麼石頭，那石頭又在哪裡？」

「西方昆吾山中，有純白螢石，積天地靈氣而成，可消地獄烈焰邪氣，用此石來填補漏洞是最合適的。」

我點了點頭，初空卻驀地將聖旨往地上一扔，道：「不幹，別以為我不知道，那地方有上古赤焰獸守著，無論誰挨著牠都得被烤熟了，我可不會傻得去接這差事。」

太白金星忙將聖旨撿起來，道：「初空神君不可如此啊，陛下可是點名讓您與祥雲仙子去的。」

「天界那堆人都死了嗎？本事比我大的多了去了，幹麼非要讓小爺和這二貨去冒這險？」

閻王涼涼道：「這不是最近只有你二人犯了錯嗎？這是讓你二人將功補過。而且也算不得冒險，左右一不小心死了，也不過是來地府走一遭罷了。」

初空大怒。「你以為死的時候不會痛還是怎樣！」

他在那方奮力反抗，我卻在這邊琢磨了一番。照閻王那個說法，其實去採石頭與歷情劫在本質上並無差別，只是目的不同了而已。歷情劫的目的就是折騰我與初空，而採石頭則是為了堵邪氣，順便折騰我與初空。

左右都是折騰，而採石頭還可以讓我們光明正大地不喝孟婆湯，可以擁有自己本來的身體和原來的法力，這是件多方便的事！有法力的人在人間，那可是大大地賺了啊！我立即將初空往我身後一拽，拿過太白金星手中的聖旨，道：「我是個明事理的仙子，玉帝能委以大任於我，我必不負所託！」

初空在我身後拽我的頭髮，陰森森道：「妳又欠抽了是吧。」

太白金星連連點頭。「好姑娘、好姑娘，有擔當、有擔當。」

閻王繼續在一旁涼涼道：「嗯，既然如此，便讓小祥子一人去採石頭吧。初空神君，你接著喝孟婆湯，接著歷情劫去，嗯，這著實是個皆大歡喜的安排。」

初空氣得咬牙，磨蹭了一會兒，狠狠地從我手裡拽過那道聖旨。「採石頭便採石頭！」他瞪了我一眼。「妳到時給我走遠點兒，不許拖我後腿。」

言下之意便是「我去冒險，妳在我背後躲著吧」。我現在慢慢能琢磨出他話裡話外的隱意。我一聲嘆息，這明明是句讓人很溫暖的話，這傢伙為什麼偏偏要用這麼惡劣的態度說出來呢……真是不誠實。

閻王笑道：「哎呀，沒看出來，初空神君還是個會心疼人的好男人啊。」

「誰心疼了！」初空恨恨地瞪了閻王一眼。

閻王搖頭嘆息。「真不坦誠啊，一點兒也不可愛。」

我也跟著嘆息。「就是，一點兒都不坦誠。」

太白金星也連連點頭。「不坦誠、不坦誠。」

初空按住額上跳動的青筋。「要採石頭便快些走，小爺可沒閒工夫跟你們磨蹭。」

「初空神君等等！老骨頭還有一事相告。」太白金星突然眼睛一亮，俐落地湊到初空身邊，輕聲道：「初空神君可知，如今天界已擺上了賭局，賭的正是您與祥雲仙子最後會不會在一起。」

我斜眼望太白金星，陡生嫌棄。

初空嘴角一抽道：「你們這些人在天界未免太閒了，有空的話，不如去收了昆吾山中的赤焰獸，讓我好採石頭一些！」

「初空神君別氣嘛，天界好不容易出了你們這一對，自然受關注多一些。」他湊到初空耳邊小聲道：「就我之前的觀察和研究來看，我押了三兩金賭你們最後不會在一起。初空神君可千萬別讓我失望啊。」

初空火大地推開太白金星的腦袋。「回你的仙界去。」他回頭喚我。「小祥子，走。」

我在身上四處摸了摸，最後掏了十個銅板出來，塞到太白金星的手中，鄭重囑咐：「回去記得幫我押一個，我賭我們最後不會在一起。話說這個賠率是多少？現在有多少人下注了啊？賭局完了什麼時候能拿到錢……」

手腕一緊，是初空拽住我，我抬頭一看，他顏如惡鬼。「妳倒是也挺有閒情逸致的嘛。」

我張了張嘴，還沒說話，他一扭頭，像是生了大怒一般，沉默地拽著我便往奈何橋那方走。

路過閻王的身邊，他笑咪咪地望著我，悄聲道：「我押了十兩金，賭你們最後會在一起。」

我愕然地看著閻王，他對我們揮了揮手，示意我們一路好走。

等等！我掙扎了一下，初空將我拽得更緊。閻王這個人精說的話還是有幾分參考價值的！等等！我要改注啊！十個銅板，賭我們最後會在一起！太白金星，別走！

我心頭的話沒法說出口，初空拽著我，頭也不回地走到輪迴井邊，二話沒說，一腳便把我踹進輪迴井。

等等！那是十個銅板啊！十個銅板啊！

七時吉祥

第十三章

這是妳要強了我的

一片黑暗，我感到初空的臉在我正上方，他的脣緊緊貼著我的額頭，我便在他脖子那處空隙間喘息。他雙手抱住我的背，硬邦邦的胸膛擠得我胸前那兩團肉有點奇怪地疼痛。

「你倒是……起開啊！」我使勁推了推他的胸口。「喘……喘都喘不過氣了！」

「妳急什麼！」初空也怒。「妳以為我想挨著妳嗎？且容我緩一會兒。」

我繼續喘氣，感到被體溫融化的雪變成了冰水，浸入單薄的衣裳中，凍得我一陣顫慄。正在這時，初空一提氣，我只覺他又將我勒緊了一些，然後耳邊一陣悶響，我倆終於離開那個狹小的空間，破土而出……或者說，破雪而出。

站在慘白的雪地上，我與初空大喘不停。我幾層薄衣已被雪水浸溼，此時刺骨寒風一吹，更是要將我凍成冰棍，這情況真是要多糟有多糟。至於我倆為何境況會糟糕至此……

初空恨恨地捏了捏拳頭。「若這有天意，必定是李大鬍子的惡意報復！」

我深深認可初空的觀點。天上的狗血李定是為我二人沒按著他所寫的命格生活而生了悶氣，且他以後也不能書寫我倆的命格了，所以便在我們投胎入世的時候做了手腳！

這卑鄙小氣的李天王，居然讓我們一投胎來世間便遇上雪崩，被活埋在裡面！這分明就是徇私報復！可恥！太可恥！

我一邊打哆嗦一邊道：「我……我們快去弄幾件襖子來吧……省得石頭沒找到，又見閻王了。」

初空此時已經緩過勁來了，他斜眼看我。「妳不知道用仙力禦寒嗎？」

我一怔，一拍腦袋，做了這麼幾世凡人，居然把我會仙法這回事忘了。我忙捻了個訣，驅散身上寒氣，然後扭頭望著初空道：「雖然你提醒我讓我用仙力禦寒是件好事，但是，你居然沒想到趁機蹭到我跟前來占我幾分便宜。」我搖頭嘆息。「活該你單身啊。」這是為人處世勾搭女人的手段問題，而初空的手段，顯然還不如我來得高明。

初空盯了我一會兒，然後面無表情道：「妳有什麼便宜好讓我占的？」

我嘴角抽了抽，覺得這傢伙其實心裡對我是沒有意思的吧，那一張嘴跟抹了鶴頂紅似的。

我斜眼嫌棄他道：「活該你單身！」言罷，我轉身便走，行了幾步，沒聽見初空踏雪跟上的腳步聲。我心頭奇怪，扭頭望他，卻見他失神地站在原地，一手摸著嘴唇，一手捂著胸口，眼神虛幻地落在我們逃出來的那個雪坑裡，臉頰帶著些莫名的紅。

我心頭一跳，也急急忙忙扭過頭，不敢看他，只覺自己的額頭和胸部都有些灼熱起來……

那個……那個口是心非的二貨，哪裡是不占便宜……他明明就是已經將便宜占夠了！

我與初空找了許久，終於尋著被雪掩埋的下山小路，順著小路一路向下，我漸漸察覺到有點不對。

看了看正在中天的太陽，我問初空：「這裡既然有下山的路，也就是說往日上山的人還是挺多的；而這種天氣即便看不見山下的村落，也應當能看見升起來的炊煙吧。」我指了指頭頂的太陽。「可都這個時候了，怎麼沒哪戶人家做飯？」

初空也站住腳步，他皺眉思索一會兒，忽然道：「妳可覺得這山上的雪有些奇怪？」

我神情嚴肅地望他，道：「不覺得。」

初空無奈。「算了，是我蠢，居然問妳。」

我倆又沉默地走了一會兒。我四處張望，奇怪地發現地上的雪裡竟還摻雜著一些碎木頭，正思索間，突然一頭撞在初空的背上。

初空沒理會我，鄭重道：「這雪山不對勁，有人在此處擺了陣。」

我迷惑道：「可是沒有看見哪裡有陣法啊。」

「妳當然看不見。」初空一如既往地嫌棄我。「妳看這路邊的雪，排列整齊，就像是有人剛剛打掃過一樣，走不了多遠便有大石塊壓在路邊。妳仔細瞧瞧，一塊石頭與下一塊石頭之間的距離永遠是固定的。」

我老實地將周圍環境打量一遍，然後心頭一驚，臉色微變。「我們方才從山上走下來便一直有這些東西，有人竟用一座山擺了陣？他要做什麼？端了這座山嗎？」

「若只是針對這座山倒也還好……」初空欲言又止。

我們正在揣摩之時，忽見路邊的大石塊驀地一亮，閃過一道血紅的光，石頭上浮現出我看不懂的複雜符文。初空眼神一沉。「是嗜血陣，它會吸乾所有待在陣中的活物的血！」

我立即拽了初空的衣角，緊緊貼著他的後背站著。「活物，包括我們嗎？」

「妳說呢？」

我仔細想了一會兒。「我還真不知道包不包括我們。」

於是初空也沉默下來。

我貼他後背貼得緊，初空一揮手，赤紅的長鞭出現在他手裡，他回頭看了我一眼。「妳是沒本事還是沒出息，都恢復仙身了，居然還害怕這種陣法，找到陣眼破了它便是。」

聽得初空這話，我微微一怔。其實今日若是我一人陷入此陣，我不見得會表現成這樣，但看見初空挺直了背脊站在那裡，我便屁顛屁顛地躲過來，這好像已經成了一種我無法控制的行為。

當然，這樣的事我才不會告訴初空。「你當我願意躲在你背後嗎？要不是你當初將我那柄團扇絞碎了，叫我如今沒有法器護身，我會站在你後面？」

初空沉默半晌，一聲冷哼。「不就是一把破扇子嗎？妳這窮鬼居然跟我記了這麼久的仇，回頭賠妳一把便是。」

我眼睛一亮，忙拽住初空的手。「這可是你說的！咱們說好了啊！我要織女織的錦雲扇，要最好的！」

初空嫌棄地一撇嘴道：「沒眼識的東西。」

「大爺你有眼識，你找更好的來賠我啊，我絕不拒絕……」

話音未落，初空忽然伸手一攬，扣住我的肩，將我往旁邊一拉，躍空而起。我還在愣神，忽聽下方發出奇怪的聲音。我回頭一看，只見方才我倆站的地方陡然長出數條觸鬚，凌空亂舞，像是要把它們抓住的所有東西都絞得粉碎。

我問：「這些是什麼？」

「陣法啟動了。」初空神色一凝。「找陣眼！」

我仰頭一望，看見山頂之上有一束金光閃爍，沒入蒼穹之中。我戳了戳初空的手。「那邊、那邊，初空，上！」

「妳在這裡等著。」初空二話沒說，鬆開手，立即向那陣眼而去。

我凌空站著，對他的背影揮了揮手道：「努力啊！」待他與那陣眼鬥上了，我才恍然發覺，方才我使喚他使喚得如此自然，他竟也沒覺得哪裡不對。

大地一顫，發出沉悶的響聲，是陣眼動了。我仰頭望著山頂之上的初空，隔了這麼遠我已看不見他的神情，但能想像出來在他眼中流轉的光會有多麼漂亮。

初空他確實有些本事，而且他的本事已經超過我最初所預見的範圍，他分明不像是一個在別的仙人手下做事的人。現在仔細一想，好似不管是閻王還是太白金星，他們都喚他為「初空神君」，而「神君」這個稱謂明明超過他所擔任的職位應有的稱呼。

初空應該沒有看起來那麼簡單……

大地又是一顫，卻並不是源自陣眼那方。我下方不遠處，有一隻動物突然從雪地裡鑽出來，牠通體雪白，長了一身白毛，連腦門上都有毛垂下，遮住了牠的眼睛。

「何人破我嗜血大陣！」

牠一聲怒吼，聲音渾厚。我挑了挑眉，用一座山布了陣，還有妖獸護陣，這事看來不簡單。

我向初空那方望了一眼，這正是破開陣眼的關鍵時刻，不能被打擾。地上那妖獸甩了甩腦袋，撅蹄子便衝山頂跑去。我身形一動，落到妖獸面前，手中捻了一個訣，以仙氣凝出一張大網，手一揮，逕自拋到妖獸頭上將牠罩住。

「雖然我不大厲害，但是你也不能不拿正眼瞧我啊。」我走到被仙網覆住的妖獸面前，小聲道：「初空在辦事，我怎能讓他有後顧之憂。」我本是如此溫柔體貼之人啊！

妖獸的喉嚨裡發出「咕嚕嚕」的威脅聲。

大地又是一顫，頭頂上的天空像是要破了一般發出清脆的碎裂聲。躺在地上的妖獸忽然開始掙扎，像是要拚死一搏，以仙力凝聚而成的網竟在牠的不斷掙扎間破開了洞，一個、兩個。

沒想到凡間妖獸居然還有這等能力。我心頭微驚，上下摸索著自己周身，看看有沒有什麼防身法器，但最後發現果真如初空所說……我是個窮鬼，身上什麼都沒有。

「妳給我離牠遠點兒！」

頭頂上傳來初空的粗聲喝罵。我精神一振，忽覺眼角餘光處有猩紅光芒一閃，定睛一看，竟是那妖獸被長毛覆蓋住的眼中閃著紅光。牠一聲驚天怒吼，徹底將覆於牠身上的仙網震碎，然後扭頭對準我。

我汗如雨下。「其實，你不拿正眼看我，也沒關係。」

牠又是一聲長嘯。「破陣者死！」揮爪便向我打來。

我往地上一滾，堪堪躲過這一擊，還沒緩過神，牠第二爪又揮了過來，速度之快，讓我有些應付不來。

陣法破碎的聲音越來越急促地響起，想來是初空那邊在加快破陣速度。

我捻了個訣，凝出一個仙罩將自己護在裡面，拖延時間等初空過來。怎料這妖獸如同發了狂一般，腦袋大的爪子狠狠往我這裡拍。

我大怒。「破陣的明明在那邊，你現在一個勁打我是怎麼回事！」

我話音未落，仙罩竟立時破開，眼瞅著那妖獸一爪揮來便要打碎我的腦袋……

電光石火之間，我只覺腰間一緊，是一隻手將我摟住。我一愣神，再回過神來的時候，那妖獸已經離我老遠了。

我仰頭看見初空還在山頂那處與陣眼鬥法，一回頭，見一襲紫色的衣袍隨風而飄。

「阿祥姑娘？」來人的聲音中帶著一抹驚訝。

我望著這人的臉，想了許久，終於琢磨出來。「啊，你是那個陰險的石頭妖怪，紫輝？」

「多年不見，阿祥姑娘說話依舊如此直白。」他一笑，眼角彎彎。「不過姑娘能記得在下，真是榮幸。」

我望了他一會兒，又扭頭望了初空一會兒，突然有一種惡作劇的衝動，想要吼出聲來，告訴初空「你情敵尋來了」。真想知道，他聽了這話會是怎樣一副表情。

空中一聲轟鳴，我仰頭一望，只見點點金光如同雪花一般簌簌落下。

嗜血陣已破。

初空衣袂翻飛，身影孤立雪山之巔，大風鼓動他的衣袍與長髮，我看不清他的眉眼，但只是一個剪影便在恍惚之間擊中我的心坎。我不由得捂住心口，想抑制住怦動的心跳。

那二貨……沒事擺出那麼漂亮的姿勢幹什麼……

忽然初空頭一動，轉向我這方。

我身邊的紫輝笑咪咪地衝他揮了揮手，喊：「師父大人，好久不見。」

初空臉上的表情我看不真切，但恍覺腳下大地顫了兩顫。

紫輝悄然鬆開了放在我腰間的手，笑道：「糟糕，我竟不知師父大人這一世是神君之身，這可惹不得。」

於是我斜了眼看他。原來，大家都是欺軟怕硬的動物嘛。

「破陣者死！」那隻妖獸竟還未走，站在那處仰天長嘯。

我指著妖獸問紫輝：「這叫聲是什麼意思？陣已經破了，牠覺得叫一叫能嚇得咱們肝裂膽碎而死嗎？」

紫輝瞇眼笑。「阿祥姑娘還是一如既往的風趣可愛。」

「吵死了！」

遠遠聽見初空一聲喝，他身形一動，霎時沒了影，再出現時，已立在妖獸頭頂。妖獸立即跳起來往初空身上撲，初空只立在那處，不躲不避，手中結出仙印，拍在牠頭上，那頭像是一座房子般高大的妖獸渾身一僵，立時被定住了。

紫輝點頭稱讚。「嗯，師父大人的定身訣使得頗有幾分功底。」

我則激動得直打顫，屁顛屁顛地往初空那方跑。「好樣的，初空！就這樣把牠宰來吃了！我來肢解，你去生火準備烤肉！」

「阿祥……姑娘……」

紫輝喚我的聲音已被我遠遠拋在腦後，我跑到妖獸身邊，摸了摸牠一身順滑的皮毛。「這身皮毛定能賣個好價錢，我琢磨琢磨從哪裡下刀啊。可不能在這裡掉了價。」

我正兩眼放光地嘀咕著，初空突然走過來，一爪子拍開我的手。「我抓的，不准妳吃。」

「為什麼！」我很憤怒。

初空斜瞥了緩步而來的紫輝一眼，然後嫌棄極了似地冷哼一聲：「妳不是有人幫嗎？妳讓他去給妳捉一頭啊，這是我捉的，我偏不給妳吃。」

紫輝輕咳了兩聲，好像對自己陷於這種爭吵中有些尷尬。

我直勾勾地盯著初空，對他這種小孩一樣的行為表示深深的不滿。

「咱倆還分什麼你我，我扒了牠的皮賣的錢還不是咱倆一起用。我割了牠的肉烤熟了，還不是咱倆一起吃。你突然又傲嬌個什麼勁，有意思嗎！」

初空扭著腦袋想了想，然後只把眼珠子轉過來看我。「我倆一起？」

我茫然又訝異。「不然我跟誰一起？」

聽得這個回答，初空終於轉頭看了我一眼，嘴角往上翹了一翹，然後又壓了下去，板著臉道：「哼，好吧，勉勉強強讓妳動手好了，小爺我要吃背脊那塊肉，妳不准給我割壞了。」

這傢伙……

對這種三天一小抽、五天一大抽的人，我已懶得施捨言語去罵他了。我把注意力轉到妖獸身上，圍著牠轉了一圈，覺得果然還是只能從肚子上開刀。我使喚初空。「你把牠翻過來。」

初空正準備動手，紫輝忽然道：「在下以為——」

「沒你的分。」初空冷眼望紫輝，逕自打斷他的話。「小爺大度，懶得與你算以前的帳。現在你有多遠走多遠，別讓小爺再看見你。」

紫輝一聲嘆息。「我是說，這好歹是頭妖獸，你們要吃了牠，這是不是有點……」

我感到奇怪地望著紫輝道：「不然拿牠怎麼辦？」

初空也覺得奇怪地望著紫輝道：「不然拿牠怎麼辦？這是妖獸，不是神獸，牠看守嗜血陣不知害了多少人性命，吃了牠又不損陰德。」初空說得理所當然，看來與我待在一起久了，他的思想境界確實是有所提高嘛！

初空擼起袖子，手一用力，逕自將大塊頭的妖獸翻過來，讓牠四腳朝天。

我跳上妖獸的肚子，用手比劃了一會兒。「刀。」

初空又伸出手對紫輝要。「刀。」

紫輝一聲嘆息。「我是說，亂吃東西，不是個好習慣。」說著他便從懷裡掏出了把匕首，正要遞給初空之時，又收回手去，正經道：「用我的刀，應當給點兒報酬……」

初空臉色又是一冷，我搶在他前面道：「嗯嗯，好，待會兒把前腿割給你。」

於是紫輝便心甘情願地把刀遞了過來。

第一刀要下在妖獸的鎖骨中間，我抬起手，正要刺下，那妖獸竟開口艱難道：「破了……嗜血陣，君上……不會……放過你們。」

我轉頭與初空交換一個眼神，我拿刀尖戳了戳牠的脖子。「來，你老實交代，你家君上是何人，住何地啊？」

妖獸沉默著不再開口。我與初空又對視一眼，初空摸著下巴道：「牠這樣子約莫是被人下了咒術，大概也問不出什麼話來，殺來吃了吧。」

「且慢！」紫輝一聲喚。「你們……當真要吃牠？我以為你們方才只是在威脅牠……」

我瞟了紫輝一眼。「我這個樣子像是假的嗎？」言罷，刀刃「刷」地刺下，鮮血四濺。

用法力凝聚的火焰耀眼地旋轉著，在雪地上投射出三人的影子。妖獸的肉吃著鮮嫩肥美，我與初空摸著撐圓了的肚子，滿足地癱在雪地上打飽嗝，唯有紫輝拿著我允諾給他的前腿肉，半分未動。

紫輝輕嘆。「你們竟還真的吃了……」

初空不滿道：「你有什麼意見嗎？」他頓了頓，彷彿怒氣更甚。「從剛才開始你就一直待在這裡是什麼意思！誰讓你來的，誰讓你待在這裡的？趕快走！」

紫輝笑了笑。「師父大人怒氣深重啊，不過，我確實沒料到能在此地碰見你們。我本在四處遊歷，聽聞北方忽然有幾個村落莫名其妙地消失了，我便想來探探究竟，沒想到你們也在這裡，更沒想到你們轉世還在一起，還是神仙之身，留有前世的記憶。」紫輝眉眼彎彎地望著我。「更讓人意外的是，阿祥姑娘竟也是仙人。」

饜足的我脾氣也好了很多，聽了他這話，大方承認：「我那一世確實傻得沒一點兒仙人的樣子了，你看不出來也是正常的。」

一個雪團逕直砸在我腦門上，我一呆，怒視初空，卻見他冷冷瞟了我一眼，哼道：「我倒是覺得，妳現在與那傻祥沒什麼區別。」

我也冷哼道：「你與那一世時不也一模一樣嗎！悶騷、傲嬌，還喜歡欺負人！」

初空扭頭瞪我，眉頭皺得緊緊的，我也不甘示弱地望著他。正對峙著，忽聽紫輝笑道：「你們這樣子……可是很容易被人挖牆腳的。」

初空二話沒說抓了一個雪團朝紫輝砸去，紫輝腦袋一偏，從容躲過。「女子大都喜歡成熟沉穩的男子，師父大人這樣可不好。妳說是吧，阿祥姑娘。」

面對這個問題，我沉默了一會兒，直白道：「以前是這樣想的沒錯。」我看了看初空那張臭臉，然後扭過頭，望著星星點點的夜空。「可是現在覺得人都有自己的個性嘛，某人這脾性也不錯。」我臉頰微熱，頓了頓，補充道：「蠢得挺有特色的。」

空氣沉默了一會兒，紫輝悶笑道：「阿祥姑娘可真會誇人。」

「誰准你說話了！」初空咬牙的聲音傳進我耳朵裡。「哼，你這妖怪著實成熟穩重，討人喜歡，讓人魂飛魄散了都還心心念念地惦記。」

紫輝愣了一愣。「師父大人這話是何意？」

初空冷笑道：「我可沒你這樣花心的徒弟。」

初空說到這話，我陡然想起了在石洞幻境中看見的魂魄殘缺的女鬼。我道：「險些忘了這事，紫輝，你可有個去世的妻子？她的魂魄託我們來找你，讓你去看她，你趕緊上路吧，晚了她可就魂飛魄散，再也見不到了。」

紫輝將手中烤好的妖獸前腿肉又拿到火上轉了幾圈，才笑咪咪道：「阿祥姑娘找錯人了吧。」

我一怔，看了看初空，初空只是眯眼打量他。我又道：「那女子要我帶話說，阿蘿一直在等你，你不認識她嗎？」

肉的焦糊味在冷冽的空氣中飄散，紫輝仍舊不動聲色地答：「不認識。」

我撇嘴，沒再多言。初空手一揮，火焰中的肉被打掉了，落在雪地裡滾了老遠。「這味道聞著讓小爺心煩。」

紫輝笑了笑。「對不住。」他一頓，又道：「二位接下來要去哪裡？」

初空立時警覺起來。「你想幹麼？」

「左右我也沒什麼事幹，二位若是有什麼需要幫忙的，我也可盡點兒綿薄之力，以報當年初空救命之恩。」

「不用。」

「好啊。」我應承下來，換得初空橫眉以對。「有人主動還債幹麼不要？多個跑腿打雜的多好。」這是我變傻的那世畢生的心願，那時沒能完成，現在能補償一下也總是好的。

初空擺著臭臉。「不行，小爺就高興讓他欠著不還。」

我沉默了一下，還沒來得及開口，紫輝便搶了我的話頭道：「俗話說，只要鋤頭揮得好，沒有牆腳挖不倒，初空這可是怕了我了？」

聽了他這言語，我便也眨著眼看著初空。

初空在我二人的注視中，慢慢紅了耳根。「怕你大爺！」他一聲吼，然後扭過頭。「跟著便跟著，你就等著小爺使喚你吧！這可是你自己給自己求的，別怪我沒提醒你！哼！」

於是，我與初空的尋石補洞之旅中又多了一個人，或者說……多了一塊石頭。

「用他去補洞吧。」

紫輝在小鎮上買了件狐裘給我，我穿得暖和，望著紫輝便是一陣笑。坐在客棧大廳的桌子邊，紫輝去布置吃食，初空忽然臉色冷冷地對我道：「他不就是個石妖嗎？用他去堵洞，既報了我的救命之恩，又省了咱們的事，一舉兩得。」

我嘴角抽了抽。「背著人說這話，你不覺得自己卑鄙又陰險嗎？」

初空冷哼。「我可不是背著他說的。」

「初空何必如此反感我？」紫輝放了一籠包子在我面前。「阿祥姑娘，趁熱吃。」他笑望初空。「我如此盡心盡力報恩，卻換得初空如此言語，實在是令我傷心。況且，照日前阿祥姑娘與我說的情況來看，地獄邪氣洩漏，當用至純至淨的螢石去堵方能消解邪氣，若用我這石妖之身，只怕是越堵漏得越多。」

初空伸手過來捏住我含了一嘴包子的臉，任由我嘴裡的油流了他一手，他也不放開。「妳倒是什麼都和他交代了啊！」

「他唔是要幫吾們滴忙摸……」

紫輝幫我翻譯：「她說，他不是要幫我們的忙嗎？」

初空怒氣沖沖地打斷他的話。「我聽得懂！」初空甩開我的臉，嫌棄地擦了擦手。「妳這出息，一點兒小便宜就把妳收買了，沒骨氣的東西。」

我嚥下嘴裡的包子，望著他道：「你有骨氣，別動我的包子，別住紫輝找的客棧。」

「小爺我就是不住！」初空一踢凳子，站起身來。「爺今兒個住紅樓去，你們便在這裡待著吧！」

我眨著眼，望著初空漸行漸遠的身影，忘了吃包子。「他說……他要住哪裡來著？」

「約莫說的是紅樓來著。」

我點了點頭。「他這是要去找花姑娘啊。」

紫輝喝了口茶。「阿祥姑娘可是嫉妒了？」

我埋頭吃包子。「哼，誰有那閒工夫嫉妒他！讓他夜御十女，叫他明日染上花柳病。」

紫輝輕咳兩聲，突然笑問：「你們既然都這麼喜歡對方，為什麼不肯坦誠一點兒呢？這兩日我與妳走在一起，初空可氣得不輕。」

「我喜歡他……真的表現得很明顯嗎？」

「很明顯。」

我沉默下來，不知該說些什麼。是啊，我都表現得這麼明顯了……初空你這二貨和我告個白，讓我安安心心地和你在一起會怎樣！我氣呼呼地又往嘴裡塞了個包子。

紫輝道：「直接告訴他吧，以初空那性子，要他開口只怕是件難事。」

「又不是沒和他示意過！他一直不和我挑明了說，肯定是因為在天界還有個小白花一樣的姑娘等著他呢！兩人還要一起去看星星……」這脫口而出的話讓我也怔了一怔。

原來……

在我內心深處，一直是這樣懷疑著初空的。

一次次的暗示，厚著臉皮告訴他，他喜歡我，每一次都把話說到那個地步，我心裡想的一定是讓他鼓起勇氣，直接告訴我，給我一個確定的答案吧。

但是每一次……都沒得到他正面的回答。

他的表現、他的行為都不如一句紮紮實實的「沒錯，我喜歡妳」來得實在。

地府見過的那個叫鶯時的姑娘，始終悄悄埋伏在我心頭的陰暗處，提醒著我，初空對別的女人會有那麼溫柔的一面。只這一個認知，便足以推翻我對他所有的期待。

我用筷子將包子戳得百孔千瘡，隔了好久才憋出一句。「都沒人和我一起看過星星。」

「既然如此，阿祥姑娘今日便與我一同去看星星吧。」我抬頭望他，紫輝笑了笑。「我們一起去花樓看星星。」

我挑了挑眉，對紫輝陡生戒備。「你要幹什麼？」

紫輝神祕一笑。「讓初空神君說出心底話。阿祥姑娘不想聽嗎？」

「不想……」包子的肉餡都被我戳了出來。「才怪……」

紫輝確實帶我去了花樓，不過……我望著五層樓高的木頭架子，架子上纏著美麗的鮮花，在那頂端搭了個丈寬的平臺。我指著這東西問紫輝：「這便是你說的花樓？這不是鎮上的人祭祀用的高架子？」

紫輝笑了笑。「這也被本地人稱為花樓，阿祥姑娘不想上去看看？」

「我想聽初空說心底話。」

「阿祥姑娘何必著急，待初空回客棧看不見我們，他自會出來尋的。我已交代過小二，讓他告訴初空我們在此地觀星。」紫輝舉起手中的酒壺。「在他來之前，咱們先上去淺酌幾杯可好？」

我感到奇怪道：「你怎麼知道他會回客棧？」

紫輝衝我眨了眨眼，俏皮一笑。「若是連這都不知道，豈不是浪費了初空給我的這顆心。」

我沉默著將目光落在紫輝的心口處，盯了一會兒，我拿過他手中的那壺酒道：「誰都想活下去，你那時的心情我可以理解。雖說過去的事再去追究已沒有意義，初空不說，我也懶得說。但紫輝你得記得，這顆心始終是你從初空那裡搶來的，你在我傻的時候坑了我倆一次，我不會允許再有第二次。」

「呵。」紫輝沉默半晌，倏地笑道：「妳與初空二人當真是天造地設的一對。妳可知妳方才說的話，初空已與我說過一遍了。只是這次，我當真只是來報恩而已。」

我一怔，紫輝翻身躍到高臺之上。我看了看手中的酒壺，也一躍而起，飛身上了那處高臺。

「坐會兒吧。」紫輝拍了拍他身邊的位置，我不客氣地坐下來，兩隻腳在高臺外面晃蕩。

拔開酒壺塞，清甜的酒香飄散，我一嗅，登時精神大振。「好酒啊，你從哪兒買來的？」

「這可不是買的。」紫輝仰頭望著天上的星星。「許多年前我曾來過這小鎮，這酒是我親手窖藏，準備在自己成親那日拿出來喝的。」

我嘴剛碰到酒壺口，乍一聽這話，恍覺喉頭一梗。我忍痛將酒壺放下，側眼看著紫輝，卻見他笑道：「喝吧，左右我現在也成不了親了。」

想到那個替自己造了一個幻境居住其中的女子殘魂，我問：「你當真沒有一個過世的妻子？不認識阿蘿？」

紫輝眉眼彎彎地笑著，道：「我此生只愛過一人，可是那人卻是我捧出心來也換不來的人。她在我們成親前一天，帶著我原本的那顆心跑了。」他瞇眼望著遙遠的星空，神色空茫。「我沒成親，沒有妻子，也不曾識得阿蘿。」

可是那個叫阿蘿的女子卻識得紫輝。

看著他的側臉，不知為何這話我竟說不出口。酒香在我鼻尖飄散，是一股清爽而甘甜的味道，像是穿越了時空，在對我訴說著當時窖藏這酒的人是怎樣期盼的心情。我將酒壺遞還給紫輝。「藏了這麼多年的酒，第一口嘗的人當然應該是你自己，現在的味道和當初的味道必定是不一樣的。」

紫輝垂下頭，脣角的笑帶了絲苦意。「不用嘗我就知道了。」

「呵呵，深更半夜，孤男寡女，花前月下，互訴衷腸，心靈相通，很好很好。」

背後突然傳來一陣桀桀怪笑，我一扭頭，看見初空立在那裡，他手中的赤紅長鞭看起來有些殺風景。

紫輝轉頭看了初空一眼，又扭頭來盯著我道：「酒裡有驚喜。」言罷，他拽住我的手臂，往上一抬，酒壺對著我的嘴猛地一倒，甘甜的酒霎時便灌進我嘴裡……

破空聲「刷」的響起，紫輝身形一躍，堪堪躲開初空這一鞭，他瞇眼一笑道：「星星還是你們看吧，我想回去睡了。」言罷，他手一揮，在夜空中消失了蹤影。

我被這口酒嗆住了，捂著胸口咳嗽，可沒一會兒便覺一股熱氣順著喉嚨滑進胃裡，然後又反衝上來，打暈了我的腦袋……

紫輝走之前說什麼來著？酒裡有驚喜？這是他準備在成親那日喝的酒，那種良辰美景能喝什麼酒？我用頭髮絲都能想出來！

可這是人家小鎮祭祀用的地方啊！他想讓我和初空野……野……野……合嗎！

初空不知我喝了什麼，還在一旁陰陽怪氣地嫌棄我。「妳倒是忘得快，那一世傻了被人坑，現在還想被人坑是不是？一點兒小恩小惠就把妳收買了，出息，當真出息！」

我腦門開始慢慢滲出汗來，情況很是不妙啊……

許是見我半天沒說話，初空在我旁邊蹲下身來。「妳倒是應……妳怎麼了？」他臉色一肅，探手摸上我的額頭，眼瞳中藏著怒氣。「那傢伙又耍了什麼陰謀詭計！」

「酒裡有藥。」我本想誆初空兩句便跑，怎料這嘴竟不聽使喚了一般，這話脫口而出，捂都沒捂住。

初空神情凝重地拿起酒壺，自言自語一般問：「什麼藥？」

「春……」我伸出手緊緊捂住嘴，但是我的嘴像是不受控制，心裡想的這兩個字愣是擠出我的牙縫，蹦進了初空耳朵裡。「春……藥……」

初空凝重的神情怔了一瞬，他身子彷彿忽然軟了下來，在我旁邊一坐，愣愣地望著我，失神沉默。

我捂著嘴嚥了口唾沫，驚疑不定地等待他表態。哪兒想他沉默了半天，卻怔然地問我：「那……那怎麼辦？」

除了你幫我還能怎麼辦！我在心頭怒吼，沒想到這話又一次衝破喉頭禁錮，溜出了口：「當然是你來幫我！」

空氣一陣靜默，我與初空溫熱的呼吸噴在寒涼的空氣中，凝成了一團團白霧。互相凝望一會兒，我終是挪開目光，恨得連抽了自己的嘴數下。

不應該啊！為什麼控制不住！

難道……我的目光落在初空手裡握著的那個酒壺上。

初空忽然一個手抖，開了口的酒壺倒在木臺上，酒灑了出來，酒壺骨碌碌滾下五層樓高的高臺，在下面碎出一聲脆響。我抬眼望初空，卻見他向後仰著身子，一臉朝陽般通透的紅。

「幫……幫？」他腦海裡不知竄出什麼樣的畫面，聲音顫抖中帶著點兒沙啞。

他這副羞澀的模樣，看得我耳根也是一燙。我摸了摸臉，讓自己冷靜一會兒。「你先別忙往深處想，這酒約莫是別的東西。」

這話初空聽沒聽到我不清楚，我只見他猛地站起身來，背對著我，聽他深呼吸了幾下，然後飛快地說道：「我們先回去，要實在沒辦法……妳去雪地裡打個滾看看。」

聽得他這番言語，我覺得重點已經不在紫輝給的酒到底是什麼東西了，我望著他的背影呆了一會兒，心裡的話再次脫口而出：「我說初空，你真的喜歡我嗎？」

初空的背脊僵了一僵，他又沉默好半晌，才道：「不然……妳直接去雪地裡多滾幾圈。我給妳守著，不讓旁人瞧了去……」

我垂眼看著自己的拳頭幾度鬆開又捏緊，心頭有一簇火無聲竄起，我憋了又憋，終是在初空這句帶著些試探意味的話說出口之後爆發了。

我站起身來，沉默地繞到初空身前，初空仰頭望著星星不看我，我伸手拽住他的衣領。「初空，我們先躺下談好嗎？」

初空神情愕然了一瞬，我手一使力，腳下將他一絆，初空哪裡會對我有防備，逕自被我絆倒在木臺上，摔出「吱呀」一聲，乖乖躺好了。我坐在他的小腹上，揪著他的衣領，居高臨下地盯著他。

「不行！」初空一張臉紅得要滴出血來，他瞪圓了眼，色厲內荏道：「藥效再厲害妳也給我撐住。」他說著便掙扎著要起身。

我一隻手按住他的額頭，將他往下一按，把他的腦袋死死地固定在木臺上。這一下可能讓他撞疼了，他眉頭一皺，右手擒住了我揪著他衣領的那隻手腕。我心頭一動，脫口道：「我喜歡你。」

這一句話成功震傻了初空，他瞪大眼望著我，漫天星光映在他漆黑的瞳孔中，絢爛得讓我找不見自己的影子。

我也張著嘴，不知下一句話該怎麼接，但是心頭紛亂的思緒封不住一般從我嘴裡洩漏出來。「雖然你又蠢又暴力，不懂溫柔，甚至偶爾還要打我，長得有些稚氣未脫，脾氣不沉穩，腦子也不是頂好使，對女子心思更是半分不懂，生起氣來的時候一點兒不知退讓，情緒起伏不定，難以捉摸……」

初空本來詫然中帶著期冀的表情，愣是被我說得抽搐起來。

「但是。」我想閉上嘴，但這些話像是打開了我大腦裡的某個樞紐，讓我關不上門。既然如此……索性都坦白說了吧。

我想，初空是個傲嬌的傢伙，他說不出口，便由我來開頭。他不敢直白，所以只有我來勇敢……然後，撬開他的嘴，逼著他說出來。

「但是！我還是想要你！我們親也親過，抱也抱過，曾經連對方的身子也毫無私密地觸碰過了！你今日從也得從，不從，也得從！」我揪住他的衣領狠狠提了提。「說！你喜歡我！快點給我老實承認了！」

一通強勢的話語說完，我望著呆怔愕然的初空，忽然有些無奈地想，明明，我是來聽他的心底話，但他一句沒吐，我自己倒是說了這麼一大堆，真是……

本末倒置。

「妳起開。」不知沉默了多久，初空忽然隱忍著說了一句。

我分毫不鬆。「你先承認！」

「說了讓妳先起開！」他怒。

我亦怒。「你承認了我自然就起開！」

「真是個不知死活的東西！」他話音未落，我忽覺身子往旁邊一傾，一陣天旋地轉之後，我的背抵在涼涼的木臺上，眼前是初空陰霾的臉和漫天繁星。

我看見他燒紅的耳廓，感受到他灼熱的呼吸噴在我臉上，聽見他咬牙切齒地說：「小祥子妳給我記住，這是妳要強了我的！」

脣上一熱，有溼滑的東西鑽進我嘴裡，在這一瞬間，這一吻帶著男子特有的強勢，幾乎完全掠奪了我的呼吸和生命。

這二貨……居然還敢說是我要強了他的？

在熱得發瘋的思緒中，唯有一個念頭能強制我擁有些許冷靜——我那十個銅板，當真押錯了！

第十四章

初空！你病了！

這個溼熱的吻漸漸深入，我心頭一狠，心想今日話說到這分上，事辦到這地步，若是不幹得徹底一點，實在是太對不起自己豁出去的那張老臉了！我雙手抬起，環住初空的脖子，將他緊緊禁錮住，開始用力地回應這個動情的吻。

彷彿乾柴烈火，又彷彿將一直困在心底的魔鬼放了出來，這一吻動情便再也無法收拾。我無法探知初空的感受和想法，只知道他的手在我的背脊上遊走，帶著點兒青澀懵懂，不知從哪裡下手一般來回摩挲，直磨得我心癢不已。

我雖也沒經歷過這事，但在月老殿當差的時候，偶爾還是能從姻緣鏡中看見下界夫婦成親之時洞房花燭的場景，我知道，第一步，得先脫衣服。

我鬆了初空的脖子，手探到他的腰間，扯了許久，終於使蠻力將他的腰帶扯斷了。初空此時全然沒注意到我對他做了什麼，手指還在我背脊滑動。

我挪了唇，咬他耳朵。「你倒是……拿點兒實際進展出來啊……」

話音未落，我只覺頸間大動脈被人狠狠一吸，些微刺痛之後是一股酥麻的感覺竄上頭頂，我不由得一聲悶哼，眼瞅著這事便要漸入佳境，忽然「梆」的一聲響，響徹夜空。

宛如當頭一盆冷水潑下，更夫打更的聲音由遠及近傳來。

「……小心火燭。」

平淡至極的語調傳進耳朵裡，初空趴在我身上沒有動靜，我也憋住了呼吸，生怕喘大聲了一點便被路過的更夫聽了去。

梆梆。

「小心火燭。」

「野合」二字在我腦海裡海嘯一般湧過，我們竟然險些就在這裡……大庭廣眾之下！回過神來的我被自己的舉動驚得滿臉抽搐。

更夫從花樓下經過，初空默默地將我往他懷裡抱了抱，替我扯了扯肩上散亂的衣襟，但他一直垂著頭，額上的瀏海垂下，讓我看不清他的神情。

直到更夫走過老遠，再也聽不見聲音之後，他才鬆開我，坐起身來，默默挪開了些許距離。

我也理了理衣襟，佯作淡定地坐直身子，道：「咳，嗯，回去吧。」

初空扭著腦袋默默地點了點頭，然後「刷」地站起身子來。可是他不知道，我也忘了，方才他的腰帶已經被我扯斷，所以他這一起身，褲子便掉了下來。

初空：「……」

我：「……」

他立即彎腰提起褲子，我扭頭不敢看他。「我什麼都沒看見。」

風聲呼呼在耳邊颼過，空氣奇怪地靜默，待再回過頭，那方哪裡還有人影。

初空，他這是……落荒而逃了嗎……

再回客棧，紫輝衣冠楚楚地坐在空蕩蕩的大廳裡喝茶，見我回來，他眯眼笑了。「方才初空捉著衣裳，捂著臉急急忙忙跑回房了，這會兒阿祥姑娘神清氣爽地回來，這情景怎麼和我預料中全然反過來了？」

初空看見了紫輝竟然沒有揍人！想來他心裡一定是非常混亂的吧。作為一個寡欲的仙人，竟然險些與我在外面……他脾氣又傲，還在我面前掉了褲子，初空此時的心理活動肯定要多精采有多精采。

我上前一把揪了紫輝的衣領，冷冷地問：「你倒還敢在這裡等著我們啊，說，那酒到底是個什麼東西！」

紫輝不緊不慢地笑道：「那酒名喚真言，飲之能使人口吐真言。」

我恨道：「那你走的時候倒給我喝是怎麼回事啊！」

「非也，我本意是讓你們倆一起喝。但不管是你們誰喝了那酒，都不當是現在這副德行啊，阿祥姑娘與初空果然與常人不同。」

我苦惱地抓了抓腦袋，鬆開紫輝，警告他道：「不用你來做好人，我們的事我們自己會解決！」

我轉身上樓，心情複雜地在初空門前站了一會兒，覺得現在我們還是各自靜一靜得好。

在床上輾轉了半夜沒睡著，彷彿一直有一個初空趴在我身上，緊緊貼著我的脖子，吮吸我的動脈。

黎明時分，房門吱呀一響，淺眠的我立時驚醒，看見立在我床榻邊上的傢伙，我傻傻地怔住。

他臉上的紅暈彷彿被烙鐵烙上去的一樣，一直燒著不停歇。

「行了，我知道了！好吧！就這樣！」他一來便衝我說了這通莫名其妙的話，我眨著眼看他，他深吸了一口氣，扭過腦袋。「給……給妳個機會，喜歡我。」

晨曦透過窗戶，照在初空身上，他披散著頭髮，赤裸著雙腳。我看得傻傻愣住，他眼珠四處亂看，就是不看我。

「好吧，昨晚是我過分了。小爺……小爺會負責就是了！」初空目光掃了一眼我的脖子，然後一閉眼，幾乎是用吼的喊出來：「回天界就娶妳行了吧！」

我怔然，反應了好一會兒才不敢置信地問：「你這……這是在提……提親嗎？」

初空用鼻孔看我。「是給妳個機會嫁我。」

我沉默了一會兒，伸出手。「聘禮呢？沒聘禮我不嫁。」和初空在一起，我得賠十文錢。別的不說，這十文錢定是要初空賠給我的。

我這副公事公辦的態度倒是讓初空一直燒紅的臉慢慢涼了下來，他望了我一會兒，煩躁地撓了撓頭。「回天界給妳成了吧！要多少都給妳，真是個勢利的傢伙！」

「等一下！」我坐起身來，肅容道：「你還得先告訴我，鶩時是什麼人？」

「鶯時？問她做甚？」

「當然要問，我的男人，從裡面到外面都只能是我的，身邊別的女人都得報備清楚！」

「我的男人」四字讓初空紅了紅臉，他老實答了：「是我小師妹。」

我不屑。「誆誰呢？別以為我不知道昴日星君府上十二個仙使皆是他從外面尋回來的散仙，從未聽說過你們十二個人拜過誰為師，你哪裡來的小師妹？」

初空眉頭微皺。「我幼時曾拜在一名仙人門下，不過歲月太久，彼時我又太小，記憶都模糊了。後來我那師父仙蹤難覓，門下師兄弟便各自散走四方，我與鶯時太過年幼，在天界亂混一陣子才被昴日星君招了去。」

聽他這番解釋，我才點了點頭。「那咱們回天界就成親吧。以後你養我。」

初空轉過身去，抬腳往外走。「先去取螢石，把那漏邪氣的洞堵了再說。」

他出了房門。朝陽已升起，屋裡一片亮堂。我坐在床榻之上，抱著膝蓋，默默紅了臉。

嫁人啊，嫁給初空……那麼傲嬌的傢伙向我提親了哎，從今往後，我們就能在一起了，想親就親，想抱就抱，我和他，可以簡稱為……我們。

離開客棧的時候，我才發現紫輝不見了，客棧的小二說紫輝留了一封書信和一把扇子給我們。紫輝的信初空搶過去讀了，他一目十行地看完之後將信捏成一團扔掉，接著沒好氣地把扇子遞給我。

「他說讓妳規規矩矩待在我身邊就是了，這把折扇是給咱們的賠禮。」初空一聲冷哼。「這種破扇子也敢拿出來送禮，不過聊勝於無，妳先用它做防身法器，待日後我送妳一把更好的。」

我接過扇子，淡淡掃了初空一眼。「你不用吃味，我不喜歡他。」

「哼，誰有那閒工夫吃味了。女人就是矯情。」

到底誰更矯情啊……

興許是趕著回天界成親，又興許是因為在人間看到了越來越多因邪氣洩漏而甦醒的妖怪，我與初空加快腳程，數日後終於到了昆吾山。螢石在山中靈氣最足的地方，而看守螢石的赤焰獸便常年棲息在那兒。

初空將我與他的戰力一估計，便暫擬了一個作戰計畫出來。大意是他去纏著赤焰獸，吸引牠的注意力，我便潛進去將螢石偷走，待出來之後便給他一個訊號，我倆溜之大吉。

初空一而再、再而三地對我強調：「赤焰獸渾身烈焰，火毒洶湧，妳真身是朵浮雲，當心牠直接給妳烤沒了。所以妳看見了火趕快躲，萬事不可逞強，石頭可以再拿，命只有一條。」

這還用他來提醒？我連連點頭，稱知道了。

初空把我們奪螢石的時間定在晚上，黑夜中，赤焰獸渾身烈焰，我們可以將牠看得清清楚楚，它卻看不見我們，敵明我暗，是個偷襲的好時機。

望著趴在山坳之中渾身赤炎的神獸，我戳了戳身邊初空的胳膊，悄聲道：「你是說，你要和這麼大個火團團去拚命？」

「不然呢，妳去嗎？」初空斜了我一眼。「知道小爺要承擔多大的風險了吧，所以妳待會兒記得賭上妳這一生的智慧，趕快將那石頭偷了——」

「知道、知道！你這嘴就不能少嫌棄我幾句。」我打斷他的話。「我又不傻，你死了我不就成寡婦了嗎？」

初空臉一紅，還待言語，可下方山坳中的赤焰獸彷彿驚覺到我們這邊的動靜，猛地抬起頭來，喉頭發出威脅的咕嚕聲。

神獸之威當真不是前些日子看見的那妖獸可比的。初空凝了神色，往我身前一站，凌厲的殺氣讓四周登時肅靜下來，星月皆退，我也跟著星月一同往暗處躲了躲，尋了個方便衝下山坳的地方，好好藏起來。

赤焰獸感知何其靈敏，牠一仰首，喉頭滾出濃濃烈焰之時，長嘯聲震徹蒼穹。我捂了耳朵，只覺一陣心悶。電光石火間，赤焰獸騰空而起，我只見一團烈焰直直向初空衝來。

我在心頭默默道了聲保重，趁赤焰獸一心一意攻擊初空之時，飛身潛入山坳之中。

這一處山坳宛如亂石堆，我左右尋了一通，愣是沒看見通體雪白、至純至淨的石頭。頭頂上鬥法的巨大聲響傳入耳朵裡，一朵朵火花炸開，宛如盛宴時的煙火，我已看不清初空的身影。咬了咬牙，我向山坳的更深處尋去，必須得快點。赤焰獸是神獸，若是被牠殺了，說不定連入地府的機會都沒了，我可不能做寡婦。

我心思正轉著，抬頭一看，忽然見不遠處一塊巨石後面有另一個東西發出瑩白的光。我心頭一喜，忙奔了過去，繞過巨石，第一眼看見的卻不是我想像中的雪白石頭，而是兩隻剛長了毛、身上還沒有冒出火來的小赤焰獸。

兩個小傢伙眨著水汪汪的眼望了我一會兒，我心頭一抖，猶豫了一瞬，沒來得及對牠倆下殺手，忽然間，兩張牙都沒長齊的嘴裡發出尖銳叫聲，淒厲得如同我已將牠們肢解了一般。

空中鬥法的聲音陡然一停，我額上冷汗落下，僵硬地轉頭一看，空中那個大的火團團正怒視著我，牠腳一動，眼瞅著便要向我衝來。初空橫來一鞭，生生絆住赤焰獸的腳步。我也跟著硬下心腸，掏出紫輝送的折扇，捻了仙訣，猛力一搧，大風忽起，兩個小傢伙便如球一般被捲出去老遠，尖銳的慘叫聲不絕於耳。

我走到巨石之後，看見地上全是雪白的石頭，未及觸碰便能感受到上面極為乾淨的氣息，這肯定是螢石沒錯。我心頭一喜，將事先準備好的麻布口袋掏出來，俐落地撿了一口袋石頭。
我正想著今日要凱旋，忽覺眼角餘光中一團紅色逼近，我轉頭看去，失口道：「爹，坑人呢這是！」
我怎麼就沒想起來呢，都有孩子了，有娘肯定就還得有爹啊！初空把人家娘引走了，人家爹怎甘忍寂寞……於是在山坳北方，另一頭體形更為巨大的赤焰獸急速向我衝來。
扛上口袋，我捻了仙訣便跑，可背後灼熱的感覺卻無法避免地越來越近，初空的聲音彷彿從天邊傳來——
「丟石頭！撤！」
大腦還沒來得及理解他的話，一股熾熱的熱浪便將我吞噬，我下意識地撐起仙罩將自己護住。
可牠爹好似對我方才揍了牠家孩子的事極為不滿，一聲沖天怒吼之後，我那僅有三百年仙力的仙罩如同陶瓷一般清脆地碎掉。背後傳來灼熱的、撕裂般的痛，昏迷前的那一刻，我腦子裡想的卻是——
初空，你要做鰥夫了。
世界黑成一片，一如我只是一朵祥雲的時候，沒有神志，沒有感知。歲月光陰，生死輪迴，於我而言本無意義。後來月老點化了我，這本是他醉酒後的興起之舉，卻成就了一個不大合格的仙人。我沒有靈力積累，沒有系統地學習，在天界幫月老看門的三百年歲月認真想起來，好似每天都是同一個模樣。

是從什麼時候開始改變的呢……

好像是那個紅衣少年從天而降之後，我再沒有哪一天活得與昨天一樣，他讓我知道，原來，生活可以過得如此精采。

耳邊火焰燃燒的呼呼聲一直未曾停歇，我艱難地睜開眼，望見眼前場景，然後傻傻呆住。人也好，神也好，在時光荏苒之中，總有些事物場景只用看一眼，便會在腦海裡刻下碑一般沉重的印記。無論日後歲月如何流轉，每當翻過那一頁時，它都依舊嶄新如故。

初空此時的背影便在我心中印刻下雋永的痕跡。

在烈焰燃燒的山坳中，赤焰獸威脅的咕嚕聲不絕於耳。初空立在我身前，像是一道屏障，為我隔出一塊安全的區域。他模樣看起來沒有半分帥氣瀟灑，頭髮散了，一身是血，左手無力地垂下，像是被打斷了的樣子。

我不知我暈了多久，想不出初空與這兩隻赤焰獸纏鬥得多麼艱辛，我只知道他一直不離不棄地守在我身前，像是一個真正的英雄。

我動了動身子，想爬起來，可是後背撕裂的疼痛讓我一聲悶哼躺回去。聽見我的響動，那邊的赤焰獸顯得更加焦躁不安起來，只是牠倆的狀況也不大樂觀，一隻已經趴在地上奄奄一息，另一隻身上也有不少傷口。

「還能使仙術嗎？」初空沒有回頭，他背對著我，聲音帶著疲憊沙啞，但仍舊冷靜。「能跑多遠？」

我暗自估計了一下自己的能力，搖了搖頭。「能跑，但是赤焰獸肯定比我快。」

初空沉默，正在這時，赤焰獸一聲長嘯，像是要做最後一搏般，欺身撲上前來。初空手持赤紅長鞭，放於胸前，仙訣吟唱出口，長鞭化形為劍，通體鮮紅，宛如浸血。

我頭一次知道他手中的鞭竟還可以這樣用。

初空手執長劍，周身仙氣澎湃而出，他不回頭，只輕聲交代我：「看準機會，自己先跑，這兩隻畜生不會追上妳。石頭拿著，記著去補洞。」

那你呢……

不用問這話，我便猜得到他的心思。他是打算拚死相搏了吧，可是這一死，沒人知道他能不能入輪迴。

「我可……不想做寡婦。」

初空聽了我言語，有些詫異地轉過頭來。我周身煙霧一起，吹得整個山坳間盡是白霧，連赤焰獸的火焰也被煙霧壓得熄了一瞬。

初空大怒。「蠢東西，不准化真身！妳當真想被烤沒了嗎！」

他這話說晚了，我已經化了真身，變作白雲一團，將初空往雲中一裹，騰空而起。我飛不快，而且背後拖了老長一串雲煙，下方山坳中赤焰獸待煙霧一去，看不見對手的身影，登時大怒，一記火球便衝我扔來。沒有實體，牠打不痛我，但是我周身的霧氣著實被牠烤乾不少。

晨曦穿過昆吾山巔遍灑大地，山坳之中有小赤焰獸尖銳的哭喊聲，想來是幼崽餓了，赤焰獸對我嘯了幾聲，便沒再跟來。

我隨風而起，在空中飄蕩，這樣自由自在的感覺已有許久未曾體會到了。

「喂！妳沒事吧。」

初空的腦袋從雲裡鑽出來，他大聲問我，我說不出話，但身子在往下面沉。其實……我很不好啊……

煙霧散去，我再次轉為人身，使不出仙法，只有快速地向下落，後背撕裂的疼痛、心頭被炙烤的難受讓我撓心肝一樣的痛苦。初空將我往他懷裡一拉，大風將我們的頭髮向上吹起，初空拍著我的臉罵我：「知道難受了嗎！讓妳不要化真身妳不聽！這下元神被烤了的感覺可還舒爽！」

他的聲音在風中破碎，我也啞著嗓子吼：「要不是看見你快死了，我會這麼做嗎！你個不知感恩的東西！」

「到底誰才是個不知感恩的東西！我救妳的命是讓妳拿來犧牲的嗎！」

我一頓，繼續道：「知道了！你爭這個有意思嗎！補洞，補完洞就回去成親！」

裝了一口袋的螢石沉重地砸在地上，我與初空隨即落地，背上的傷讓我站也不是，坐也不是。初空只有一條手臂可以用，他扶住了我便拿不了螢石，我倆一琢磨，打算原地休整一天再動身出發。

是夜，初空拾了乾柴，點上火，我先忍著痛將他折了的胳膊用樹枝固定綁緊，然後便脫了衣服趴下，讓初空提了水來替我清洗傷口。上一世用那個將軍和公主的身子倒還沒什麼關係，這一世換作自己真正的身體，便有些讓人尷尬了。

我捂著胸口，緊緊貼地趴著，嘟囔道：「擦背就老實擦背，別動其他心思。」

初空一聲冷哼。「看著妳這皮開肉綻的血腥模樣，我還能有胃口吃了妳？少擔心些有的沒的。」初空這話雖說得冷漠，但替我清洗傷口的手溫柔得像是另一個人。

即便他再是溫柔，翻開的皮肉被水浸溼還是難掩疼痛，我嘶嘶抽氣。感覺到初空的手不敢再往我背上放之後，我只有緊緊咬著牙，不再發出一點兒聲音。傷口不洗只會更糟，我們現在只要補了洞，早點回到天界就好了，在這裡軟弱只會耽誤時間。

繼續清洗，直至初空將草藥敷在我背上，我也沒發出一點兒聲音。疼痛令我滿頭大汗，恍惚間，我彷彿感到初空摸了摸我的腦袋，聲色晦暗。

「對不起……」

不知他是在為什麼事道歉，我昏昏沉沉地答：「你對不起我的事可多了，來，再多說幾句聽聽。」

我以為初空此時即便不揍我也該和我嗆聲，哪兒想等了半天，竟真的等到了他老老實實的一句「對不起」。

我有些訝異地抬頭望他。「初空，你病了！」

他掃了我一眼，目光又落在我的背上，我能感覺他的指尖在我那些翻起的皮肉上遊走，他道：「雖然妳一直做一副糙漢般沒天沒地的模樣，但是女子始終是女子，讓妳受這份罪，到底是我的過錯……」

我傻傻地呆了一會兒，發現自己很難不為他這難得成熟一次的模樣感動。

「醜也是你娶。」我趴了回去，閉目養神。「反正我是賴在你這裡了。」

而且……

初空已經保護了我，他那筆挺的背影，足以讓我心安。

神仙的身子著實比凡人的好用上許多，如此皮肉傷，雖未完全癒合，但也可勉強行路了。我與初空便連日趕路往麓華山而去，洩漏邪氣的洞在那裡，堵了之後便能了結我與初空這七世情劫了！

我心裡打著如意算盤，覺得與赤焰獸一鬥，讓我傷了元神，回天界之後應當花初空的錢，替自己好好補補才是。

行至麓華山，這一地乃是當初我與初空變作老虎與野豬那一世待過的地方，舊地重遊，別有一番滋味。我很開心，初空的臉色卻不好，我把這種陰沉理解為，沒有人願意記起自己做野豬的時候是什麼模樣。直至看見當初那個山洞洞口之時，我才驚覺，原來初空這一路森冷的臉色，竟是因為邪氣洩漏得已經超乎我們的想像。

在那洞口，瘴氣瀰漫，草木竟已枯死。

我與初空進得洞內，在黑暗中摸索著踩下第一步，便聽見「咔嚓」一聲，我僵了僵，低頭一看，竟是踩斷了一截枯骨。

初空神色凝重道：「定是那之後還有人來祭祀，難怪邪氣洩漏得如此之快。」他轉頭交代我：「妳元神已損，不宜入內，且在外面等我。」

他提了裝著螢石的麻布口袋大步往洞內走去，我在後面聽著他每踩下一步便是一聲「咔嚓」的脆響，忍不住抱住自己的手臂摸了摸。

我覺得此處只是瘴氣與邪氣重了些，並沒有什麼能傷人的厲害妖怪在，初空補洞也用不著我幫什麼忙，於是便安了心在洞口蹲著，順便結了幾個印來淨化淨化周圍的空氣。

可是等了一刻鐘還不見初空出來，我有些不安地往黑乎乎的洞中張望，終是忍不住喚了一聲：「初空！石頭還沒放好嗎？」聲音在洞穴裡來來回回地迴盪，但就是沒有傳來初空的回答。

我側耳等了一會兒，忽聽洞中傳來一聲悶響，我心頭一跳，只道不好，拔腿便要往裡衝。突然之間，一道金光閃過眼前，一股似曾相識的陰冷氣息撲面而來，生生將我打飛出去，直直撞在枯樹樹幹上。後背的傷口裂開，火燒火燎般難受，胸口又是一股陰冷氣息徘徊，直激得我大口嘔出血來。

「哦，這裡還有一個小仙子。」陌生男子的聲音帶著幾分從容不迫的優雅和殘忍的冷酷。

我抬頭一看，只見一個身著白衣、一頭金髮的男子凌空而立，他膚色蒼白得近乎透明，嘴脣卻豔得驚人，周身皆裹著深重的邪氣，令人不寒而慄。

我驚駭於此人渾身散發出來的氣勢，又著急往他身後張望，盼望著初空從洞穴中出來，哪怕只是狼狽地爬出來也好……至少讓我知道他還活著。

「妳在等那仙君出來嗎？」金髮男子淺笑道：「如此的話，不用等了。」

我想說話，可一張嘴便又嘔出血來，只能看那金髮男子賤賤地笑著，舔了舔嘴角，殘忍地說：「因為，他已經被我吃掉了。」

初空，被吃掉了？

那樣目中無人又傲慢的傢伙，居然……被吃掉了？

一時間，我不敢相信自己的耳朵。

「不過算他魂魄跑得快，沒被我逮住。」

我眼眸一亮。魂魄未滅，初空便能下地府，不過是再歷一場輪迴而已，他沒事。

我心頭倏地一安，忽又聽那男子道：「不過，就算他去了地府，妳可也見不到他了。」

我捂住心口，那股陰冷的感覺一直纏繞不去。一隻手忽然掐住我的脖子，將我提了起來。我能感覺到他尖利的指甲刺破我的脖子，有溫熱的血流了出來，我想掙扎，可敵我力量懸殊。邪氣宛如千斤枷鎖套在我身上，禁錮了我所有動作。耳邊漸漸嗡鳴一片，只有男子的聲音如蛇般纏繞心頭。

「因為，妳再也入不了輪迴。」

頸項傳來「咔」的一聲響，劇痛襲來，我竟這樣，被人生生地捏死了……

「真是的，青天白日遇見變態了啊！」我失聲罵道，魂魄擺脫那個傷病纏身的肉體，我找見黃泉路扭頭就跑，隱約看見那一頭有人在等我。

可是不待我將那人看清楚，忽覺一股大力將我捉住，我驚駭地一轉頭，卻見那金髮男子對我瞇眼一笑，指尖只是輕輕地將我魂魄勾住。他自言自語道：「讓變態我看看元神在哪裡呢？哦，在額頭上啊。」

我拚命掙扎，可於他而言，捏著我就如同捏了隻蟲子一樣。他指尖在我額上輕輕一點，我只覺額頭驀地發燙，心中驚慌更甚，大喊：「小仙法力微末，素日修道不誠，滿腦子骯髒汙穢的想法，不好吃啊！你放我一條生路好不好！」

「不好。」男子仍舊笑咪咪道：「哦，竟是祥雲化仙，難得、難得。」

我是撞了狗屎運才被月老點化的！這一點也不難得！不待我將這話喊出口，額上一涼，是他將我的元神拖了出去。

他瞇著眼將我的元神端詳了一陣子，像是在研究什麼食物。「嗯，這元神有損，還是個不成熟的東西，妳是被別的仙人點化的吧？咦……妳的元神中怎麼還藏有我的邪氣？」

他話一出口，我呆了呆。我的元神中有他的邪氣？

難道……是我變成老虎那一世……不等我細想，金髮男子搖了搖頭，頗為無奈地嘆息。「仙根不正，元神有損，殘次品。嘖嘖，雞肋、雞肋，食之無味，棄之可惜。」

他……他這是在嫌棄我嗎？

金髮男子將我的元神拿在手裡把玩，似在深思到底要不要將我吃掉。

突然，一道白影一閃，我的元神自金髮男子手中消失，緊接著身子一鬆，我感到金髮男子拽著我的那根手指頭被人打掉，手臂一緊，初空的聲音在耳邊響起——

「逃！」

我二話不說埋頭專心奔上黃泉路，身後傳來過招的聲音。跨入人間與地府的界線之前，我回頭一看，初空以魂魄之身竟將那人逼退兩丈遠，然後他身形一動，閃身跑到我旁邊。

見我還在怔神，他火大地一腳踹了我的屁股。「妳個成事不足、敗事有餘的東西！」讓我幾乎是用滾的進入了冥界地盤。

最後往外看了一眼，那金髮的變態男似乎沒有追上來的意思，而是若有所思地望著初空的背影，神祕莫測地笑了。

我心頭「咯登」一聲響，滾入地府之後，站起身來，拉了初空便問：「方才那變態對你笑了哎！他……莫不是看上你了吧？」

這句問話沒有換來回答，初空一爪子抓住我的衣襟喝問：「他打妳，妳就傻得只知道挨打嗎！妳和我打架的時候不是英勇得很嗎？為什麼不反抗！為什麼不躲！妳蠢得腦子裡全是牛糞嗎！」

我被他這火搞得一怔。「你凶什麼？要能反抗我能傻傻挨打嗎？要能躲我還會杵在那兒？我是有多想死嗎？」

在我看來，初空雖然傲慢了一些，但並不是不講事理的人。我先前被赤焰獸傷了元神，與這金髮男子的實力差距也擺在那裡，連他自己先前都被人家吃掉了，他應當知道那人有多強，打不打、躲不躲都不是由我說了算的，他這火實在是發得有些莫名其妙。

「妳不想死？妳元神都被人奪了還不想死！妳！」他語塞，咬著牙，神色不明地看了我一會兒，然後忽然抬起手一巴掌拍在我的額頭上，灼熱的感覺燒了一會兒隨即又消失不見，是他把從金髮男子那裡奪回來的元神還給我。他垂下頭。「妳到底知不知道自己差點就灰飛煙滅了！」

看他這表情，我心裡燒得再旺的邪火也瞬間消失不見。

他只是在擔心我吧……在一旁忍耐著等待，等待著偷襲的時機。他或許只是在惱怒自己還不夠強大，又或許只是在發洩方才強自按捺的心慌害怕。

這個不懂表達自己的笨蛋。

我伸手摸了摸他的腦袋。「你才是腦子裡裝滿牛糞的蠢貨。」

在地府這方歇了一會兒，我倆整理好著裝與心情，向閻王殿走去。我好奇地問初空：「方才那人到底是誰？滿身邪氣，這麼厲害。你在那洞中到底遇見了什麼？」

初空沉默了一會兒道：「我正在拿螢石補洞的時候，他突然從洞中飛了出來，我與他過了幾招。」

他輕咳一聲，似乎有些不願意承認自己仙力不如那人。
「……因為之前與赤焰獸爭鬥的傷尚未痊癒，所以我才落了下風。不過我可不像妳，小爺在最後關頭拚死以血肉之軀祭了螢石，將那洞堵上了，沒有個兩、三千年，那裡絕不會再有邪氣洩漏。至於那人是誰……若我猜得沒錯，他應當是被關在十八層地獄中的罪神，藉此機會逃了出來。此事當向閻王告知，讓他自行去找人解決，妳我補洞的任務反正已經完成了。」
聽他如此一說，我心頭一喜，道：「這麼說來，我們可以回去成親了！」
初空臉一紅，輕咳了兩聲沒有搭腔。
我幸福地瞇了眼。「從此以後，我也是有人養的了。你一月月錢有多少？真的能養我嗎？昴日星君不會和月老一樣摳門吧？」
我一路唸叨著進了閻王殿，閻王出人意料地正拿著枝筆，神色凝肅地在文案上寫著什麼。他身邊的判官也坐在自己的位置上批改文案。頭一次見到這麼像閻王殿的閻王殿，一時讓我有些反應不過來。
我與初空皆愣了一會兒，才走上前去。初空對閻王抱了抱拳，以示禮節。「閻王，麓華山的洞已經補上了，不過另有一事要給你交代、交代。」

「我已知道了。」閻王不等初空說完，便搶過話頭道：「十八層地獄中有個罪神逃入人間了是吧，我正在寫奏摺，準備帶去仙界，請玉帝指派天兵天將下界捉拿罪神。」

我愣了一瞬。閻王居然會有這樣高的辦事效率，那罪神跑了，莫不是一件毀天滅地的大事？

初空也挑了挑眉，然後點頭道：「總之，這個事我已經傳達到了，洞我也已經補好了，閻王這要去天界，便捎上我與旁邊這二貨就是。」

「抱歉。」閻王身子微微往後一仰，靠在椅背上，神情嚴肅。「這次我恐怕還不能捎上你們……」

閻王話音未落，初空沉了臉色，拽了我便走。「如此，我們自己回去就好。」

「啊啊！等等啊！初空神君！哎唷，不要這樣啊！有話好好說嘛！」閻王在身後連聲喚，著急得如同要哭出來一樣。「我是真的沒人手啊！我這不是無奈著嗎？如果有別的人，我是絕對不會麻煩你的！天下蒼生的性命皆掌握在你的手中，初空神君身司神職怎能見死不救啊！」

初空腳步一頓，我一頭撞在他的後背上，紅了鼻頭，扭頭對閻王道：「我們趕著回去成親！壞人姻緣這輩子都會倒楣的！」

「哎呀，你們還真在一起了？天界的賭局我贏了哎。」

「別扯這些有的沒的！」初空微怒。「小爺不就亂了幾條紅線嗎？這都被你們看了多久笑話、使喚著做了多少事情了！說好補完了洞就回天界，小爺別的事啥都不會做，你自己愛頭疼頭疼去，與我無干。」

「當真與你無干嗎？」閻王聲音一沉，道：「你可知這逃出地獄的罪神是誰？初空神君，你可知為何你拜在昴日星君旗下司仙職，眾仙卻還要尊稱你一聲神君？」

我也好奇地望著初空。他皺眉道：「我怎麼知道，從小他們便都如此叫我。」

閻王鄭重道：「今日逃出這十八層地獄的罪神名喚錦蓮，許久之前，他是南極天尊的大弟子，因著天賦極高，深得天尊喜愛，是天尊最看重的弟子。他獨自立了門派之後，便喜歡在人間尋來有靈性的嬰孩，讓他們自幼修得仙法，得道飛昇。天界不少戰將都出自錦蓮門下，是以他身分極為尊貴；而初空，你便是當初他尋來的嬰孩之一。今天逃掉的這個罪神，曾是你的恩師。」

我詫然，初空亦詫然。

我恍然想起方才入地府之前，錦蓮那若有所思的目光，他……莫不是已經認出初空來了？

初空蹙眉道：「我是記得自己曾拜過師，但只知道師父莫名失蹤，門中弟子四散。他……那樣的人，為什麼會被關入十八層地獄？」

閻王一聲嘆。「這你自是記不得了。當初錦蓮神君修煉獨門仙法至關鍵之時，需要煉化一個法器做輔助，他著其妹錦蘿下界去尋，但錦蘿遲遲未歸，後來錦蓮神君走火入魔，犯下不少罪孽，這才被關進了地獄。」

原來是齣人生慘劇……

但我想了想那金髮男子狡猾而變態的模樣，實在是不像那種乖乖等在天界、然後被自己妹妹坑了的笨蛋啊。這其間應該還有不少隱情吧……

氣氛沉默了一會兒，初空拉著我毫不留戀地繼續往門外走。閻王淒聲喚道：「哎！初空神君，你怎的還走啊！」

「都那麼多年前的破事了，跟我有什麼關係。不管，你自己找別人解決去，我什麼忙都不會幫。」

閻王沉默了一會兒說：「有關小祥子也不幫嗎？」

我生生將初空的腳步拽住，轉過頭去望閻王。「和我有關？要我的命嗎？」

「上次妳與初空神君投胎到那將軍與公主身上之時，時間出了偏差，比你們該投胎去的時候整整晚了十數年，這是絕不該出現的失誤，我特地查了一番。小祥子，妳可是曾被那錦蓮的邪氣攻擊過？」

我撓了撓頭。「應該算是吧……」

初空瞪我。「為何不曾與我說過！」

「我當時不知道那是什麼。」

閻王點了點頭。「果然沒錯，定是當時那股邪氣纏上小祥子的周身，才令你們投胎之時出了偏差，而今它已經侵入妳的元神，或可擾亂妳的心神。錦蓮而今已入魔，他逃出地獄，若是他的修為再有所提升，日後或許會透過這股邪氣來控制小祥子也說不定。」

我臉色一白。

初空鎖了眉頭。「說白了，小爺打不過他，你要我再去人界做什麼？」

閻王咧嘴一笑。「我不讓你鬥過你師父，我只要你們去拖延住他修為提升的腳步便行了。你們知道，天上一日，人間一年，我上界搬救兵，沒有個一年半載肯定下不來，這段時間若是由著錦蓮作亂，人間不知已變作什麼模樣了。所以，我希望你二人能去拖住錦蓮的腳步，擾亂他的計畫便好。彼時我搬來了救兵，除了錦蓮，小祥子也就安全了，你們自可回天界成親，幸福一生。」

初空望了我一會兒，咬牙道：「這種事……再沒有下次。」

七時吉祥

第十五章 妳日後還是改嫁吧

跳過輪迴井，再一次來到人世，擺脫剛投胎後的眩暈感，我打量了一眼周圍的環境，荒草叢生，正值黑雲遮月的夜晚。我對身邊的初空道：「你有沒有一種跳輪迴井跳到想吐的感覺？」

初空斜了我一眼，正要說話，倏地神色一凝，他捂了我的嘴將我往旁邊的灌木叢中一推，自己也蹲了下來。

我心頭一打突。這一世我和初空又沒在投胎之前亂搞，這麼乖乖地投胎過來也能出狀況？我驚疑不定地望著初空，他捂著我的嘴不放手，比劃了一個禁聲的手勢。

正在這時，我聽到了那個深入腦髓的惡夢一般的聲音。

「找到了？」

我的思緒一斷，屏住呼吸，從灌木叢中小心地探了半個腦袋出去，看見了在我們前方十丈遠的地方，那個名喚錦蓮的金髮男子背著手，問另外一個體形壯碩的……妖怪？

「回君上，有小妖稟報說那萬年石妖現正在齊衛邊境。」

「齊衛邊境？」錦蓮摸著下巴笑道：「這妖怪倒是喜歡混跡於人多的地方。且把他盯著，別讓他跑了。」

「是。」妖怪恭敬地答了聲，又感到奇怪道：「君上不與小的同去？」

初空捂著我嘴的手驀地一緊，他湊在我耳邊悄聲道：「把我抱緊。」

他聲音緊繃，我果斷伸了胳膊把他的腰緊緊抱住。

那方的錦蓮意味不明地笑了起來，道：「自是要去，只是得先把擋路的傢伙給清乾淨了才是。」

聽得他這話，我心頭一緊，忽覺腳下的土地一軟。初空攬住我的肩，腳下使力驀地騰空而起。我向下一看，只見我們方才躲避的那處灌木叢已盡數化為齏粉。

我這方在心中一陣後怕地感嘆，那方的錦蓮也疑惑不已。

「咦？」他在下方望著我們。「怎麼又是你們？」

其實……我們也很不想來的。

「這倒好，也省得日後我再去尋你們了。」

聽得他這話，初空一個怔神。我拽了拽初空的衣袖，悄聲道：「往上面跑。」

初空猛然回神，卯足了勁往空中奔去。錦蓮顯然沒將我倆放在眼中，手一揮，隨意甩出兩股邪氣糾纏而來。

我豪氣地一拍胸脯道：「你別管，這次我來。」我探手向天，凝起仙力，空中雲朵翩然而來。上一次是我受傷太重，使不出力來，這一次雖還是打不過錦蓮，但趁他輕敵，從他手下逃走還是沒問題的。

雲朵一團團凝聚起來，我手一揮，繚繞雲霧盡數向錦蓮撲去。「趁現在跑。」哪裡還用我說，初空將我的腰一摟，眨眼間便飛離那處。

從晚上一直逃到天亮，我倆估計錦蓮暫時不會追上來，這才在路邊停下來歇息。

「你那師父……到底想幹什麼？」我喘了好一會兒，才勉強吐出一句話來。

初空也在我身邊喘，聽得我問這話，他想了一會兒才道：「誰知道，不過方才妳可有聽見他說要去齊衛邊境尋一個萬年石妖？」

我不明所以。「聽見了啊，可這和我們……」我聲音一頓，腦海裡突然閃過一個人的身影。「紫輝！」

而且齊衛邊境這地方，可不就是我們上次遇見那個叫「阿蘿」的女子的地方嗎……

等等，阿蘿？我皺眉，呢喃出聲：「上次閻王說的，那個錦蓮的妹妹叫什麼名字來著？」

初空望著我，脫口道：「錦蘿。」

我看他的神色，知道他定是與我想到一起去了。

「錦蓮有個妹妹叫錦蘿，錦蘿幫他下界拿練功的法器，但是一去不回。紫輝似乎曾經和我說過，他心甘情願地將自己的心交給了一個人，但是那人好似又做了對不起他的事。還有那個叫阿蘿的女子說她是紫輝的妻子，她以殘魂獨守石室。錦蓮現在逃出地獄之後，第一件事便是去找萬年石妖……」我呢喃：「這些事情好似差一條線就能連起來了。」

初空同我一道沉默了一會兒。「既然如此，便再去那石洞中一探究竟好了，左右那個殘魂在那兒，石頭妖也在那兒，現在連這個錦蓮也要去那兒。閻王既然要我們阻礙錦蓮的謀劃，我們就得先摸清他到底謀劃的是個什麼東西才行。」

我深表贊同地點頭。初空側眼掃了我一下。「妳的身體……」

「什麼？」

「咳，嗯，錦蓮的邪氣對妳有沒有什麼影響？我可不想拖著個累贅上路。」

「你關心我的話可以直說。」我看著初空默默紅了的耳根，無奈道：「你什麼時候才能直白一點兒啊？回頭等我被油嘴滑舌的人誆走了，你哭都來不及。」

看初空沉了臉，我立即安撫道：「好吧、好吧，我不說這個了。其實那邪氣也沒什麼，平時根本就感覺不到它的存在。」

初空冷哼一聲扭過頭去。「以後有什麼不對，記得第一個告訴我。」

真是個死鴨子嘴硬的傢伙……

我與初空找了許久也沒發現當初那個石洞的入口，尋得心灰意冷之時，卻在一個日暮陡然看見了紫輝，他正在河邊把三隻妖怪的屍體丟入河裡。

見到我們，他怔了一瞬，隨即笑道：「好巧，阿祥姑娘，又見面了。」

初空彷彿對紫輝有一種生理厭惡的情緒，登時拉下臉，將我擋在他身後道：「一點兒也不巧，我們就是來找你的。」

紫輝彷彿很無奈。「我對阿祥姑娘真的沒有別的想法，我都用盡全力撮合你們在一起了，初空能否將對我的敵意收一收？我當真是個難得的好妖怪。」

初空抱起手，冷冷地看他。「那麼，好妖怪，你倒是說說，當初你為何要搶我那顆心？你原本的心又去了哪裡？錦蘿和錦蓮與你又是什麼關係？」

紫輝一愣，神色沉了下來。

我戳了戳初空，對他這樣咄咄逼人的神情表示譴責。我嘆了口氣，將我倆上一次死亡前後發生的事情與紫輝簡單交代幾句。

他聽罷，面容沉靜，眸光如雪。「錦蓮從地獄裡出來了？」他冷冷一笑。「他竟還惦記著我那顆心。」

我與初空對視一眼。果不其然，錦蓮當初讓錦蘿下界來尋的那個法器便是紫輝的心，只是紫輝明明將心給了錦蘿，照理說錦蓮應該拿到那顆心了才是，可為何還會走火入魔呢⋯⋯

紫輝無奈笑道：「這本是我們的恩怨，卻將你們扯了進來，委實對不住。你們先進來坐坐吧，阿蘿也想見你們。」

紫輝帶著我與初空入了石洞之中，那方石室未曾改變，這次我與初空皆是仙身，很明顯便感覺到幻術的氣息。踏入石室之中，只有一縷殘魂的女子坐在石凳上，她垂著腦袋，不知在看著自己手上什麼東西。

紫輝走上前，蹲在女子身前，輕笑著抬頭望她。「阿蘿，我回來了。」

阿蘿抬起頭，看了紫輝一會兒，才笑道：「紫輝，外面的鳥怎麼沒聲了？」

「我嫌牠們吵得很，怕擾了妳休息，便將牠們趕走了。妳若想聽鳥啼，我去給妳捉幾隻來便是。」

阿蘿搖了搖頭。「鳥有了自由才會發出最動聽的聲音。」她的眼神飄到了我這邊，我正要和她打招呼，卻聽她笑道：「昨天連夜颳風把窗戶颳破了，待會兒得拿紙糊一下。」

紫輝回道：「好。」

我看了看自己身後的石壁，又看了看自己的手腳，問初空：「她說我是破窗戶？她是在罵我嗎？」

初空沒有吭聲，待那邊的紫輝將阿蘿誆睡著了，他才問：「她怎麼了？」

躺在石床上睡覺的阿蘿身體忽明忽暗，彷彿一個不留神她便會消失一樣。

紫輝在她身邊靜靜看了半晌，才道：「殘魂力量太弱，她有時感知不到四周的變化，只能活在自己的幻想之中。方才，她約莫是想到之前和我在一起生活的日子吧。」

初空不客氣地走到石桌邊坐下，盯著紫輝道：「我覺得，你們欠我與這二貨一個解釋。你可知為了那錦蓮整出來的么蛾子，小爺可受了多少罪？」

「此事實在是說來話長。」紫輝無奈一笑道：「上古傳言，石妖之心有逆轉之作用，然而極少有石能修煉成妖，萬年石妖更是少見。我不幸，恰恰修成了石妖，恰恰在人間混過了萬年時間。」

他聲音微啞：「既然你們已經找到這裡，想必已經知道阿蘿的身分。她本叫錦蘿，是錦蓮的妹妹。錦蓮修煉仙法至最後一階，需要煉化石妖之心，所以阿蘿便下界，找上了我……在我們成親前一天，阿蘿讓我心甘情願地將心挖了交給她。」

「當時我並不知道阿蘿接近我的目的，也不知道她將我的心拿去做了什麼，總之第二天她不見了蹤影。無心之妖，飄浮人世數百載，空蕩蕩的心口時刻在隱隱作痛，我常想就此死掉也不錯，可還是有不甘，想知道原因，想再見見她……後來，便遇見了你們。」

初空面色一沉，傻祥那一世著實在他腦海裡埋下了太不好的印象。

「那時，我本以為自己快活不成了。」紫輝笑了笑。「多謝初空這一顆心救了我的命，才讓我有機會能得知當年事情的真相。我尋到這裡之時，阿蘿尚還清醒，她便將當年的事告知於我。」

紫輝想摸摸阿蘿的腦袋，卻只攬了一手的空氣。「初空，你可能想出來，修什麼樣的仙法要用妖怪和活人做祭？」

初空一怔，沒有說話。

紫輝肅了神色。「錦蓮修的，根本就不是什麼仙法，他走的是邪道，所以行至最後，需要用石心的逆轉之力來改變他身體中的邪氣。阿蘿初時並不知曉她哥哥的打算，直到後來她才發現。那時我們身邊皆是錦蓮派來的探子，為了不讓錦蓮親自下界來找我，所以……她要走了我的心，把它藏在此處，然後挖了自己的心，上界交給錦蓮。」

「用了沒有逆轉之力的心，錦蓮很快便走火入魔。錦蘿還來不及下界告知我，便被走火入魔的錦蓮殺了，魂飛魄散，只留了一縷殘魂附在此地。她至死都想告訴我……而我卻一直憎恨著她。」

我覺得十分奇怪，心這種東西又不是糖果，你吃進去吐出來，別人接著舔還有甜味……還是，原來大家都是沒有心還可以活上數百年的傢伙？如此一對比，我瞬間覺得當初被挖了心就死掉的師父空簡直弱極了。

看著大家都沉凝著神色，我便把這句稍顯沒心沒肺的話吞了進去。

正在這時，忽聽幾聲拍掌的脆響傳來。

「好極、好極，我只道當初是你誆了我妹妹，拿了顆假心去騙她，沒想到竟是我這蠢妹妹自作主張，害我至此。」

窄小石室中的空氣驀地緊張起來，我下意識地跳到初空身後，探出半個腦袋打量那個翩翩而來的變態。

「哎呀，又遇見你們了。真是陰魂不散啊。」錦蓮進來後，目光先落在初空身上，笑道：「不過，能見得我的小徒弟成長至此，實在是令為師欣慰。可你這孩子不幫著我便罷了，怎的還胳膊肘往外拐呢？」

初空正色道：「既為神，便不應分裡外親疏，你是邪魔，我便要與你為敵。」

這樣的大道理從初空嘴裡說出來，我怎麼聽怎麼奇怪。我側頭看他，卻見他神色堅毅，沒有半點開玩笑的意思。我這才恍然驚覺，在我遇見初空之後他一直都在改變，越來越成熟，越來越勇於承擔責任。

而我……好像沒什麼變化。

錦蓮笑道：「待為師取得石妖之心，便不再是邪魔了，所以……」他身形一動，眨眼間便行至紫輝身前，一手掐住紫輝的脖子，冷冷笑道：「石妖，不想受皮肉之苦，便老實一點兒。」

紫輝也笑道：「我一直很想知道錦蘿的哥哥到底是怎樣一個人，原來也不過如此。」

我看著這兩個大男人陰陽怪氣地笑，心頭寒顫一陣勝過一陣。這阿蘿姑娘的人生中充滿了這樣皮笑肉不笑的傢伙，活得不累嗎……我又看了看初空，還是覺得他這樣的真性情比較符合我的口味。

那邊的兩人對峙了一會兒，忽然，紫輝身形一隱，消失不見；與此同時，阿蘿所躺的石床和我與初空所站的地方驀地生出一道結界，將我們護在其中。紫輝的聲音在石洞中迴響——

「阿祥姑娘，這本是我們之間的恩怨，不該將你們牽扯進來，請一定護好自己。」

錦蓮聞言，哈哈大笑起來。「不自量力的東西！」他長袖一揮，手中凝起一道黑色的氣息直直灌入大地之中，周遭石壁立時染上一層黑色，蔓延至我們這方時被結界擋住。

我焦急地拽了拽初空的袖子。「要不要去幫他？」

「妳去只能幫倒忙。」

「廢話，當然是你去。」我脫口而出，換來初空嫌棄的一瞥。

他道：「他們之間現在尚不能分出上下，且靜觀一會兒。」

我一愣。「紫輝什麼時候變得如此厲害了？」

「此處四周皆是石壁，於他而言極為有優勢；而且他原本的心便在此處，或許也有一些幫助吧，萬年石妖本就不可能弱到哪裡去。」

初空話音未落，只聽那方幾聲悶響，從頂上石壁逕直扎下來數根石柱，將錦蓮困在其中。紫輝的身影驀地出現在半空中，手化為石刀，逕自對著錦蓮的腦袋砍去。錦蓮周身邪氣大漲，擊碎石柱，身影一沒，霎時移動到另外一邊。

他捋了捋額前微微散亂的金髮，笑道：「倒還有幾分真功夫。如此，我便認真一些好了。」

不待他說完話，空中碎石劍如雨般落下，每個劍尖皆帶有法力，閃著瑩瑩紫光。錦蓮斂了神色，手一揮，畫出一道圓弧，將他自己護在其中，不料身後的地面突然又刺出一桿石槍，直取錦蓮心房。錦蓮側身一躲，那桿石槍仍舊劃破他的手臂。

血滴落在地上，錦蓮冷冷一笑。「好，好，這可是你自找的。」他右手捂在傷口上，染了一手的血，接著手貼著地面一放，口中低吟仙訣，周遭石壁霎時如同棉布一般軟了下來。

沒一會兒，只聽一聲嗆咳，紫輝驀地從頂上落下來，砸在地上。他爬起身來，卻捂住胸口，吐出一口血水。

沒給彼此半分休整的時間，兩人目光一凜，欺身上前，近身過起招來。

我費力看了一會兒，捂著眼睛哀嘆。「動作太快，都看瞎眼了……」

兩人的爭鬥到底誰勝誰負我看不清楚，只知道他們周身的氣勢幾乎讓這個石洞承受不住。洞頂嗡鳴，大地震顫，彷彿整座山都快塌陷了一般。

此時，一直睡在石床上的錦蘿終於睜開了眼，她茫然地坐起身來，對周圍的爭鬥彷彿看不見一般，呆呆地望著空中的某一點，細聲道：「紫輝，明日我們便要成親了。」

爭鬥的兩個身影一停，我看見紫輝的手穿透錦蓮的心房，而他也變得猶如血人一般，渾身不知受了多少傷。在他那個角度，應當是看不見阿蘿的。他嘴裡湧出兩口黑血，聲音卻一如往日般清朗。「是啊，嫁衣已經做好了，阿蘿明日便會成為最美的新娘。」

錦蓮冷冷一笑，他脣邊也掛著鮮血。「不過還剩一縷殘魂，我妹妹才不該做如此可憐卑微的模樣！」他手一揮，一道邪氣如箭一般直直打向錦蘿，卻被之前紫輝布下的結界攔下。錦蓮再次抬手。

紫輝眼一紅，臉上神色宛如修羅，那樣破破爛爛的身體不知哪兒來的力氣，他拔出穿過錦蓮心臟的手，一掌擊在錦蓮胸口上。這一擊初始沒對錦蓮造成傷害，但是下一瞬，錦蓮的臉色倏地一變，他拽住紫輝的手，想將他胳膊扭斷，但紫輝整個人慢慢開始化成石頭。

初空渾身一僵。「不好！他想和錦蓮同歸於盡！」說著，初空便要衝出去。

哪兒想，紫輝卻轉過頭來，僵硬的臉上勉強拉出了個笑容。「這一生，對不住你們二位了。」

話音落下，錦蓮渾身一顫，嘴裡嘔出一口血，紫輝整個人一瞬間化為一座石像。

錦蓮大怒。「區區石妖竟敢壞我大計！」他手一揮，那座石像便化為齏粉，散落一地。

我們身前的結界也隨之破碎，散作流光，在我眼前飄了一會兒便消逝於世間。

我捂住嘴，驚駭得不能言語。

錦蓮捂住胸口，口中仍舊大口大口地吐著鮮血。他的面容漸漸變得宛如乾屍一般枯槁，周身邪氣洩漏，讓人胸悶不已。在層層黑霧後，我看見錦蓮倏地轉頭望向我們這方，他的眼變得赤紅，雙頰凹陷，探出手伸向我道：「祭品。」

周圍散亂的邪氣立即將我與初空團團圍住，即便有初空擋在我身前，我仍然感覺到有一股巨大的拉力拽著我們往錦蓮那方而去。

初空身子緊繃，想來是與邪氣僵持得吃力。我讓仙氣向下行，將自己緊緊定在地上，伸手環住初空的腰，為他分擔一部分的力量。

哪兒想，錦蓮竟突然破開邪氣，一躍而來，他伸手欲掐初空的頸項。初空全心全意與邪氣相抗，沒料到錦蓮這突然的一招，他一驚，下意識想往後躲，卻被邪氣將腳踝一捲，下盤不穩，巨大的吸力拽著初空便往錦蓮那方飛去。

我亦被拽得一個踉蹌，這才知道方才初空為我擋住了多大的力量。眼瞅著錦蓮的手便要觸碰到初空的脖子，他手上那一團團的黑氣像是一觸即死的毒，我腦海中驀地閃過許久之前，在我還是傻祥的那一世，初空為我掏出心後慢慢闔上眼的模樣，心頭驀地一陣鈍痛。我不知哪兒來的力氣，雙腳往地上一頓，生了根一般緊緊立在地面上，然後揚起手，對著錦蓮的臉便一巴掌拍過去。

一聲脆響，錦蓮被我打得腦袋一偏，直直撞向另一邊的石壁。轟鳴聲響，石洞頂上的石柱被震了下來，沉重地掉在地上，激起塵埃無數。

邪氣一歇，初空極其詫異地回頭望我。

我喘著粗氣，答：「別看我，我吃奶的勁都使出來了。」雖然我沒怎麼吃過奶，但我知道這應當是我的最大能耐了。

沒給我們太多休息的時間，那堆碎石渣中邪氣又起，一條枯槁且帶了些死灰色的手臂從石堆中伸出來。我渾身一抖，心底惡寒不已。錦蓮這模樣哪裡還有翩翩仙君的瀟灑，簡直就像是隻惡鬼。

「哈哈……」他爬出石堆卻莫名笑了起來。「哈哈哈！」

「我此一生，收九十名門徒，有八十八位修成仙身之後為我所用，我或取了他們的頭顱、五官，或取了他們的皮肉血骨，用於我身，唯欠一心一肺。當年念在你年幼，我本想將你悉心照料，努力培養，給自己造一顆最好的心，誰承想當年錦蘿竟會背叛我，更不曾想今日我竟會遭你阻攔。」

我點了點頭。「難怪你一看就是一副缺心少肺的模樣……」

錦蓮全然不聽我說什麼，兀自笑得癲狂。「既然我數千年願望不成，今日我便讓蒼生與我作陪！」

讓蒼生與他作陪？蒼生何其多，錦蓮這是在說笑嗎？我尚在怔神，四周的邪氣如同活物一樣，凝作一股灌入大地。

初空神色一變，我不明所以地問他：「他瘋了嗎？這是在做什麼？」

初空的面色有些蒼白，他扭過頭來看了我一眼。

我覺得他這個眼神與平時有點不一樣，但是又說不出哪裡奇怪，呆怔之間，初空倏地在我額上一拍，我驚愕，感覺身子立時僵作一團，動彈不得。

「妳日後……還是改嫁吧。」

他的手在我頭上揉了揉，眉宇間的神色既是溫柔又是無奈，這是我第一次看見他做如此表情，心頭陡然一空。恍似意識到他要做什麼，我睜大了眼，想伸手去拉他，可是連手指也動不了。

他收回手，轉過頭，踏上前的腳步堅定而沉著。每一步踩下，步步生蓮，在他身後搖曳著盛開。他周身的仙氣破開層層黑霧，燦爛得耀目。彼時的稚嫩少年而今仰首挺胸，如同一個能肩負天下的英雄。

仙氣與邪氣的碰撞化作一道道鋒利的氣流擦過我身邊，我眼睜睜看著初空的身影化作金色的流光，如利箭般射向錦蓮，將形容枯槁的錦蓮緊緊捆住，直至錦蓮周身的邪氣開始慢慢被淨化。

初空明明是鬥不過錦蓮的，我明白，他只能用魂魄之力，耗盡元神方能與錦蓮一搏。可是這樣……他若是死了，便再不入地府，再不入輪迴，永生消失了。

錦蓮痛苦得仰天號叫，困住他的金光亦在不住地顫抖。

我拚盡全力，想要衝破初空施的這該死的定身咒。我從來沒有如此怨恨自己學藝不精，從來沒有如此怨恨自己只是被月老點化而成的「半成品」，若我能有初空那般的能力……一半也好……一半也好！

錦蓮的聲音漸漸低了下去，在完全沉寂下來之時，他枯槁的身軀終於化為一股黑霧，與金光糾纏在一起，只聽幾聲疾風掠過耳邊的簌簌聲，一道熾白的光迷了我的眼。

視線模糊了許久，終於慢慢清晰，四周出奇的安靜，若不是有滿地碎石提醒我方才這裡有過一場激戰，我甚至都會以為自己是作了一場惡夢。

邪氣不在，初空也不在了……

周身一鬆，是初空對我下的定身咒解開了。也是，施術的人都沒有了，術法怎還會維持？我腿腳一軟，失神地坐在地上。

「咦？」我感到奇怪地捏了捏自己的腿。「為什麼……明明已經安全了……」

心緒奇亂，彷彿有人拿著鼓槌在我心頭極快地敲打著，那樣的節奏和震顫感幾乎讓我喘不過氣來。我呆滯地坐了好一會兒，才想起，我現在應該去找一找初空。

或許，他只是被掩埋在亂石堆裡面了。

我站起身來，跌跌撞撞跑到那堆亂石之上，忘記了仙法，徒手刨開一個個或大或小、或圓潤或鋒利的石頭。每搬一塊石頭，心便涼上一截。心頭的涼彷彿能順著血液流遍全身一樣，手腳是冰涼的，被磨破的指尖流出來的血是冰涼的，呼吸的空氣是冰涼的，連眼中砸下來的液體也是冰涼的。

「傲嬌空……」

我開始忍不住心頭的惶恐，喚道：「你應一聲，你應我一聲，我不氣你了，以後再也不氣你了。」

「你說了要養我的，我為你搭上了十個銅板你還沒賠我。你不見了我就改嫁！我去嫁給李天王，我去做小妾專業戶，去禍害天界眾神，我……」

這些威脅，沒用啊。

初空已經說了，以後讓我改嫁。

他這次，是真的鐵了心丟下我了。

眼眶終於有了一絲熱度，卻是一顆顆淚滾滾而來，狼狽地落了我滿臉。不管是初空，傲嬌空，師父空還是陸海空，這次真的都不見了。

不然，我還是去地府找一找他吧，或許他沒有魂飛魄散，或許他的元神還在，再投胎一次，我還能再看見他。

心念一起，我左顧右盼想找一把刀來，可腦袋一轉，恰好瞅見那方的石床之上，錦蘿坐了起來。她身子透明得厲害，彷彿下一瞬間就會隨風而逝了一般。

我呆呆地盯著她，這裡就我們兩個「活物」了。

阿蘿忽然笑了笑，半透明的手抬了起來，忽然從手心裡長出一顆紫色的珠子，閃耀著螢光，十分美麗。

「紫輝的心。」她笑道：「我想，紫輝也是想幫你們的。」她伸出手，將紫色的珠子遞給我。「生死乃是天地大道，即便萬年石心有逆轉之力，我也只能勉強抓回來這一魂一魄。」

我呆了許久，還沒反應過來她這話是什麼意思。

阿蘿溫和地笑著，身子逐漸消失在空中。「我只能補償這麼多了，對不起。」

阿蘿的身影徹底消失不見，只餘幾點細碎的光圍著紫色珠子轉了幾圈，引導著珠子飛到我的面前。我呆怔地伸出手，它乖乖躺進我的手心。

我仍舊傻愣著，直到腦子裡面突然有道靈光打通了所有堵塞的思緒，我一拍腦門，抹乾了淚，立即咬舌自盡。

踏上黃泉路，我抱著紫珠子一路狂奔，逕自衝向閻王殿。

彼時閻王還沒回來，判官正在伏案而書，他抬頭看見破開大門的人是我，眉頭一皺。「妳怎麼這麼快就回來了？不是讓你們拖住錦蓮嗎？初空神君呢？」

我將手中的紫珠遞給判官看，他皺眉打量許久，忽然臉色一變。「初空神君怎麼只剩一魂一魄在裡面了！你們到底又去闖了什麼禍！」判官扶額長嘆。「本來人手就不夠，你們還自己把自己除掉一個！在自家後院放火很有快感嗎？」

我將紫色珠子收回懷裡，沒有理判官這些刻薄的言語，只定定道：「初空死了，他用自己的魂魄和元神與錦蓮同歸於盡了，具體情況你可以在前世鏡裡面看見。」

判官一怔，收斂了神色，在閻王的書案之上摸出前世鏡，他拿著鏡子沉默地看了許久，然後抬頭望我。「如此，當要稟報玉帝，給初空神君一個追封了。」

「他不要追封，那玩意頂個屁用。」我直白道：「你告訴我，有沒有讓他再次為仙的方法？」

判官蹙眉望了我一會兒，嘆道：「有是有，不過……」

「有就行了。我只需要知道方法。」不管要承擔怎樣的責任，我都要讓初空再一次成為初空神君，再一次站在我面前，讓我無法改嫁。

「讓這一魂一魄再入輪迴，天地秩序自會讓他再凝聚一個血肉之體，用肉體鎖住魂魄，然後再去尋找其餘二魂六魄。但渺渺蒼生，要尋找魂魄根本就是不可能的事，妳還是趁早打消這個念頭吧。」

我琢磨了一會兒。「找到了，他就能活嗎？」

「找齊魂魄之後僅僅是能讓他變回正常人，若是要再成仙身，還要他自己努力，重新修道才行。」

我點了點頭，帶著紫珠子轉身便走。判官叫住我：「祥雲仙子，妳可想清楚了，這可不是一世、兩世能做好的事，弄不好，千年也未必有所得。」

我回頭瞅了判官一眼。「想那麼多幹麼。找到不想找的時候，放棄就好了。可是不管我以後什麼時候放棄，都比現在放棄更讓我心安理得，至少我也為他付出過。日後想來，不會因為我那麼虧欠一個人而後悔。」我笑了笑。「而且，找東西這事別人做起來不容易，我可是祥雲仙子啊，這天下何處無雲。」

判官望了我一會兒，笑道：「罷了，妳自去吧。等閻王回來，我會向他說明的。」

我點了點頭，轉身欲走，卻忽然想起一件事來。我問判官：「你方才看了前世鏡，你可知那裡面的阿蘿與紫輝他們，還有來世嗎？」

「那石頭妖雖是以命相搏，但沒傷及靈魂，自然有下一世；不過他造孽太多，來世必定苦難重重，艱辛難過。而錦蘿仙子本就只有一縷殘魂依附在石妖之心上殘存，在她身死的那一刻已註定不能有轉世的機會了。她最後拚盡全力，生生將初空神君飛散的魂魄拖回來一魂一魄，連殘魂的力量也不復存在，錦蘿仙子算是徹底寂滅於人世，再無來生了。」

我張了張嘴，卻不知道該說什麼，似無奈、似嘆息。紫輝與阿蘿，明明是那麼般配的兩個人……若是知道阿蘿不在了，紫輝肯定會傷心吧。

可是，這一世過後，連紫輝也不會再記得阿蘿，因為他把自己都忘掉了。

這一生一世，再如何情深不悔，也只能成為茫茫歲月中潦草翻過的一頁，不會再有人憶起。

第十六章

又萌又賤的鹿馬獸

又一次站在輪迴井邊，只是這次身邊寂靜得讓我極不習慣。

我回頭一望，奈何橋、黃泉路還是原來的模樣，半分未變，可我卻覺得這時的地府比以前涼了許多。

紫珠子上依附著的一魂一魄飄蕩出來，順著輪迴井投胎而去。看著漸漸消逝的魂魄，我突然多了些惶恐，我不知初空下一世會落在哪戶人家，不知在茫茫人海中何時能再尋到他，也不知再見時，他會換了怎樣一副容貌，但是……

既然現實讓我無可奈何，我也只有披上鎧甲去面對。

我將紫珠子貼身收好，縱身一躍跳入輪迴井中。

人世三年匆匆而過。

沒了初空在身邊，浮世繁華，我終於能靜下心來慢慢欣賞了。沒人與我嗆聲爭吵，我的日子過得出奇的舒心。直至現在我才知道，那樣傲慢的初空在我身邊，到底給我帶來了多少煩惱和不快。

但是，每到夜深人靜，獨自一人靜看漫天繁星的時候，我都會不可救藥地想到初空。那種每時每刻都吵鬧不堪，肺都快要氣炸的生活，竟會讓我可恥地懷念。

初空從來都不完美，嘴賤、脾氣壞，也沒做過什麼讓我欣喜若狂的事，就連一直說要賠我的扇子也還沒賠上；可他愣是在我鋼鐵般堅硬的心上敲開一道口子，大搖大擺地坐進去，蹺著二郎腿，一臉欠抽地看著我道：「小爺就住進來了，妳奈我何？」

我恨不能將他捏死，但就是無可奈何。所以也就只能讓他住在那裡，變成了一根刺，梗得我嚥不進去，吐不出來。

我不知道這樣的心情到底算不算得上所謂的「男女之情」，我只知道，若在想見他的時候看見了他，我的心如晴空萬里無雲。

所以，為了能在想見他的時候見到他，這三年時間，我在人界拚了老命一樣尋回了初空的一魂四魄，還剩一魂兩魄不知所終。我愣是將判官所說的千年也未必有所得的事做了一大半，或許是冥冥之中自有天意，也或許，初空的魂魄也在找我吧。

三月末，奼紫嫣紅開遍阡陌，我一路賞著花、騎著驢，行至燕國都城。據說燕國皇宮之中最近常常有鬼魂出沒，本來皇宮之中有點詭異之說也是正常，可現在的我連一點兒蛛絲馬跡也不能放過。

入了城，我找了個客棧將驢子寄存了，付了房錢，便往宮城而去。

我捻了個隱身訣，正大光明地進了皇宮，心想著鬧鬼的地方多半都在冷宮之中。我在皇宮裡尋了好一會兒，終是找到一隊往冷宮送飯的婢女，我跟在她們身後，欲摸清冷宮的方位，想待晚上再來仔細探探。

可忽然之間，我胸前的紫珠子微微一亮，我一愣。

我將尋來的一魂四魄放在紫珠子裡。魂魄之間是會相互感應的，我尋到了一個魂魄之後，接下來每次發現散落的魂魄，紫珠子都會閃閃發亮。這也是我能如此快地找到一魂四魄的原因之一。

看來，這皇宮之中確實有初空散落的魂魄。

我兀自想得出神，隨宮女進了一處冷宮之中，紫珠子登時大亮，這是之前都沒有過的情況，莫不是這裡還藏了許多初空的魂魄？我疑惑地抬頭一望，在清冷宮殿旁的枯樹之下，一個身著紅色棉袍的肉團團坐在地上，他睜著一雙大眼，直勾勾盯著我……胸前的珠子。

我也直勾勾地盯著他，這小孩的眉眼與初空，甚至是曾經的陸海空都有七、八分相似。我不由得看呆了。

可是這小孩將我這方盯了半晌，卻又回過頭去，呆呆地望著頭頂的天空，神情有些木訥。只裝了一魂一魄的身體，必定是帶點兒殘缺的。

紫珠子飄了起來，彷彿恨不得立即鑽進那具身體與裡面的魂魄融合，我看了看滿屋子的宮女，默默地將它按下去。

好在宮女們送來了飯便一一退出去，沒多久，旁屋走出來一個身形消瘦的女人，她坐到飯桌邊，有氣無力地喚道：「過來，吃飯了。」

聽得出來她是在喚肉團空，但是肉團空並沒有理她，仍舊呆呆地望著天空。

裡面的女人不知是被戳到哪根神經，突然一揮手掃掉了桌上半數的碗碟，碎瓷的聲音刺痛耳膜。

肉團空終於轉過頭去，呆呆地看著那女人。「娘親……」

「別叫我！」女人抓著乾枯的頭髮，聲嘶力竭地尖叫：「我不是你娘親！都是因為你！都是因為你，我才落得這個下場！我不是你娘，不是！」

她聲音刺耳，仍舊只換來了肉團空呆呆的兩個字：「娘親。」

「你不是我生的！你不是我生的！」

燕國國君彷彿極為迷信，燕國素有痴兒不祥的俗語，想來這嬪妃定是在產下呆傻的初空之後，被皇帝貶至冷宮。她這一生算是毀了，難怪如此恨自己的兒子。可偏偏兒子是她唯一的依靠……

女子忽然站起身走了出來，她一巴掌打在肉團空的臉上，鋒利的指甲在小孩稚嫩的臉上生生拉出三道血痕。小孩雖笨了些，但還是知道痛的，他眼睛裡滾出大顆大顆的淚珠，哭花了整張臉。

「娘親……」

「我要是沒生下你多好！」女子開始胡亂打他。「你要是不來這世上多好！你滾！你滾……」

我顯身，立於初空身前，一把扣住那女子的手腕，定定地看著她。

「小孩不是讓妳用來洩憤的。」我道：「他從妳肚子裡出來真是對不起妳，既然妳不希罕他，就由我來希罕。」

我鬆了手，那女子身子一軟，癱坐在地上。「鬼……鬼！」

「我不是鬼。」沒等我把話說完，那人便一抽氣，雙眼翻白，嚇暈了過去。

我不管她，蹲下身，摸了摸肉團空被打亂的頭髮，他的視線落在紫珠子上，我毫不猶豫地將它取下來，放到肉團空胸前。紫珠子中的一魂四魄飄離出來，入了肉團空小小的身子，我看見他呆滯的眼神一轉，稍稍顯出幾分靈動的意味來。

我重新戴上珠子，又掏出手巾，為他擦了擦臉上狼藉的血與淚，道：「從今天開始，你叫初空，是個修仙者。我叫小祥，是……你師父。」

他不言不語，我也不知還該說什麼，便伸出手擺在他身前。他呆了半晌，終是抬起肉乎乎的手放在我的掌心。我將他的手一握，笑道：「看你這一世還能不能逃出我的手掌心，呵呵。」

初空現在這個樣子肯定不適合住在人多的地方，而且他還是個皇子，保不準以後有什麼朝堂鬥爭會殃及他，我索性帶他歸隱山林，安安穩穩地過日子。

我在麓華山山腰蓋了座房子，帶初空住進去。

多了一魂四魄的初空顯然比之前聰明一些，我教他識字，然後將以前初空教我的那些入門法則寫下來讓他練習。

可他仍舊學得很慢，我不由得有些心急。他這一世終歸只是個凡人，若未來得及修成仙身便死掉了怎麼辦？彼時我還活著，長生不老，又要無望地去尋找。和初空待在一起越久，我便越害怕他再一次走丟。

在帶了些提心吊膽的守護中，時光悄悄流逝，初空轉眼十歲了，七年時間，我又尋回了初空的一魄，還差一魂一魄，他的靈魂便完整了。

可是不知為何，初空卻越來越排斥修仙，他用盡一切辦法偷懶，和山上的各種妖精混在一起玩。有一次他實在過分了，脅迫老樹妖幫他寫符，自己與山中的老虎精混去鎮中玩了兩日未歸。

我擔憂地尋了他整整兩日，第三天看見他神清氣爽，一蹦一跳地回來，我眼裡布滿血絲，一臉青白地望著他問：「去哪兒了？」

初空高興的面容一僵，怯怯地看了我一眼。「小祥……」

我動手將頭髮盤起來，站起身，生生掰斷一條椅子腿，將它捏在手中，語氣冷靜道：「你過來，我們談一談。」

初空駭得往後面退了一步。我緩步走向他，蹲在他身前問：「說，和誰去玩了？去哪兒玩的？」

他扭捏了半天，終於在我逼迫的眼光中弱弱承認：「山下小鎮……和大花一起去的。」大花是老虎精的名字，她與初空一見面就投緣，打小玩得好。

「誰讓你去的？」

「山……山裡的小妖們，說我不該老是待在山上，要出去見見世面……」

我瞭然地點了點頭，提著椅子腿便出了門，將一山的小妖統統扒褲子狠揍一通，揍得麓華山中的小妖哭號震天，最後將老虎精大花用縛妖索綁了提回來。

初空看見大花，立即撲了上去，問：「大花，有沒有挨揍？痛不痛？對不起……」

我在椅子上一坐，喝了口茶，平復了一番情緒才道：「把初空帶下山是何居心？」初空現在這年紀，細皮嫩肉，身體中還修出了一點兒仙氣，是那些入了邪道的妖怪最喜歡的食物，他們將他哄下山，實在讓我擔心。以前放任初空與山中妖精接觸，是因為知道這裡的妖精都不壞，而若是他們對初空動了邪念……

聽我一問話，大花嚇得立即哭了出來。「仙子饒命，小妖再也不敢了，小妖不過是覺得初空每日在山上修仙，日子過得太單調了，便好心邀他下山一遊，絕無惡意！嗚嗚，仙子饒命嗚嗚。」

我將茶杯一放，正要開口說話，初空卻張開手臂攔在大花身前，道：「小祥別打大花，是初空不好，初空不該貪玩，下次再也不這樣了，妳別打她……」

他這模樣不知為何頓時讓我想起了陸海空，不知在哪一年，他也是這樣攔在我那宰相爹爹的面前，護著我。而現在，他怕是完全忘了吧。

我回過神，揉了揉額角，道：「初空不需要下山見什麼世面，待修得仙身之後，自有大把的時間去玩……」

我話音未落，便見初空垂著腦袋，在下面小聲接道：「為什麼，非要修得仙身？」

我一怔。「你說什麼？」

初空咬了咬牙，坦誠道：「初空為什麼非要修得仙身？為什麼非要聽小祥的話？」

因為，若不修得仙身，你怎麼再陪我過以後的日子？若不修得仙身，你怎麼做回初空神君？若不修得仙身，你怎麼回天界娶我？你還有那麼多諾言沒有兌現，為什麼不聽我的話，不努力修仙……

可是，我呆了一呆，恍然驚覺，現在在我面前的這個初空早就不是以前的初空了。對他來說，初空神君給我的諾言就像是一個毫無關係的人給我的許諾一樣，與他無干，他沒有之前的記憶，他是一個全新的人。

我憑什麼把自己的願望附加在他的身上？

我為自己這個新的認知呆住了。只聽初空垂著頭，細聲而堅定地說：「我不想修仙，我想和大花他們一樣。為這種事情就欺負大花他們，小祥無理。」

面對這樣的指責，我無言以對，沉默了半晌只得道：「既然你不想修仙，便是我錯了。」我收回大花身上的縛妖索，默默進了屋，關上房門之前，我對他們道：「以後不回來的時候，記得和我說一聲，別讓我擔心。」

木門之外，兩個小孩的對話清晰地傳進我的耳朵裡。

「初空，仙子好像很傷心啊，你去給她道個歉吧。」

初空的聲音有些茫然：「怎麼道歉？」

應該是我向他們道歉才是。忽然間，胸前的紫色珠子一亮。這顆珠子常常與初空的魂魄打交道，對此都像是通了靈性一般有反應。初空的魂魄在附近？我放下所有繁雜的心緒，推開窗戶便躍了出去，順著紫珠子指引的方向追去。

順著紫珠的指引，我一路追出麓華山的地界。

我心中奇怪，那只是初空的一個殘魂，怎麼會跑得這麼快？追至傍晚，我隱隱感到頭頂有陣陣妖氣傳來，仰頭一看，恍然發現有一隻似鹿似馬的妖怪在雲間踏過，胸前的紫珠直指著牠走過的方向。

我曾聽月老說，人間有一種似鹿似馬的妖怪愛吃散落世間的殘魂，初空的魂魄……莫不是被這傢伙吃了吧！

心頭一驚，我駕雲而起，直衝上天，飛至那妖怪身邊。那鹿馬獸看起來挺蠢，腦袋一晃一晃的，趕路趕得正歡樂。想來也是，一個只敢追著殘魂吃的妖怪也厲害不到哪裡去。此時牠嘴裡不知嚼著什麼東西正要往肚子裡嚥。

掛在胸前的紫珠大亮，我心一狠，大喝：「給老娘吐出來！」一腳踢去，狠狠踹在鹿馬獸的側臉上。

這一腳挨得突然，妖怪一聲嘶鳴，嘴裡許許多多殘魂飛出，魂魄隨風飄走，我立時追著飄散的殘魂而去。身後挨了打的鹿馬獸不甘心地追著我嘶叫，我沒心思管牠，跟著紫珠子指引的方向，急速追去。

那一縷殘魂飄得不快，沒一會兒便被我追上，收魂口訣出口，初空的殘魂乖乖地進入紫珠之中。鹿馬獸的嘶鳴也在耳邊響起，我側身躲過，不想與牠再糾纏下去，抬手捻指。「雲來。」

傍晚的雲霞飛速捲來，白雲映著太陽的橙色與天空的紫色將鹿馬獸裹在其中，迷了牠的眼。我扭身就跑，遠遠地將牠甩在身後。

捂著心口的珠子，我總算在天黑的時候趕回麓華山。

沿著漆黑的山路往家走，越是靠近那座我親手搭起來的木屋，我心裡莫名的鬱悶感便越是深重。出門之前，肉團空的話猶在耳邊迴盪。他不想修仙，不想做回以前的初空神君，他……只願在下界安安穩穩過一生。既然他都這麼說了，那我如今做的這些事又有什麼意義？

拚了命尋回他不想要的魂魄，用最大的努力教會他不想修的仙法……

我突然有一種熱臉貼在冷屁股上的羞辱感。

抬頭望了望天上皎潔的月色，我腳步一轉，往麓華山的叢林中走去。

麓華山的一眾小妖白日裡被我狠心揍了一頓，在晚上著實消停不少，我這一路走來只聞蟲鳴，不知不覺間行至山中小湖旁，我望著湖的另一邊失了會兒神。多少年前，在我變成一頭老虎的時候，有一隻野豬出現在湖的對岸，與我靜靜凝望……

即便是在心情如此鬱悶的現在，想起當時的場景，我還是「噗」地笑了出來，獨自一人在湖邊笑得捧腹跺腳。可約莫是黑夜太過寒涼，我漸漸僵住嘴角。

那個初空……那個能與我鬧脾氣、拌嘴打架的傢伙，或許永遠也回不來了。

我垂下眼眸，難掩失落。

順著湖水往上，漸聞溪水叮咚作響，水流的聲音讓我感覺還有些歡快的熱鬧。我尋了塊草地坐下，靜靜仰望漫天繁星，頭一次覺得未來如此迷茫。若我不再執著於初空，那我該去幹什麼呢？遇見初空之前的日子到底是什麼樣子的？我一時竟有些記不清了。

胸前的紫珠微微一亮，我將它握住。今天找到的是初空的一魂，若把這魂還給他，還剩最後一魄就能讓他靈魂完整了。若那個時候，他的想法還是和現在一樣……

我就回月老那裡，繼續替他看門好了。

我正想著，忽聽小溪對面一聲嗚咽，這個聲音我再熟悉不過，側頭看去，肉團空站在小溪對岸，一臉鼻涕、眼淚，迎著月光晶瑩剔透。我見他哭得這麼凶，不由得怔了一怔。

站起身來，我喚他：「初空，你……」不在家裡好好待著，來這兒幹麼？

我話還沒問出口，那邊的肉團空牙關一鬆，一聲聲嘶力竭的哭喊衝出喉頭——

「嗚哇！小祥！嗚哇！」

他哭得太凶，駭得我往後小退了半步。這孩子因為從小魂魄殘缺，反應比較遲鈍，所以從沒有什麼過激的感情流露，這下子突然爆出這麼一聲號，不得不讓我大驚失色。

他見我往後退，神色更加慌亂起來，竟不管不顧地一腳踏進小溪裡，踉蹌著向我奔過來。還沒等我上去幫他，他便栽到我跟前，帶著一身的涼水猛地撲在我身上，衣服下襬的水溼了我的鞋，身高還不夠的肉團空雙手一環，緊緊抱住我的腰，腦袋貼在我肚子上便哭了起來。

「妳別走，初空錯了，初空再不惹妳生氣，再也不跑下山去玩了！我錯了！」

我愣了許久。「我今天走了以後，山上的小妖們尋仇來了？」

他的臉在我肚子上抹了兩下，擦了我一身的鼻涕。「妳是仙人，嗚……大花說妳走了，就上了天界去做……去做逍遙的神仙……會過得很快樂，就……就……就再也不會回來了！妳就不會要我了……嗚嗚。」

他的聲音悶悶的，夾雜著濃厚的鼻音讓我聽得有些模糊。我怔了一怔道：「我只是去追一個妖怪。」

肉團空將我抱得更緊。「小祥不要跟妖怪跑了。」

我哭笑不得，待反應過來時，心頭又是一暖，不知是怎樣的一種心態，彷彿被滿足了一樣，我的嘴角慢慢揚了起來。他這模樣，應該是怕極了我離開的意思吧。即使不想修仙，不想聽我的話，但是，在肉團空的心目中，我還是一個特殊的、不能分割的存在。

我彷彿聽到來自我內心深處的猖狂大笑。我蹲下身來，看著紫色珠子上的那一魂慢悠悠地飄入他的眉心，我摸了摸他的腦袋問：「初空害怕小祥不要你嗎？」

魂魄入體，對他來說是沒有什麼感覺的，他老實地點頭，含著一汪晶瑩的淚回答我。「怕。」

於是我的嘴角又不可抑制地揚了揚，按捺住心頭的喜悅，我垂著眼眸，傷心道：「可你跑下山玩的這兩天，我也以為你不要我了。」

初空立即搖頭，極為慌張。「我沒有！我……我……小祥……我錯了，我下次再也不這樣了。」他伸手抱住我的脖子，腦袋在我脖子上蹭了蹭。「小祥別氣，我真的知道錯了。」

我斜眼瞟了他一下，捏住他的臉，將他拉開，心頭一陣激動的狂喜。原來在智力與武力都處於別人之上的時候，竟會有如此大的優越感，一瞬間我便明白了傻祥那一世，為什麼初空總愛捏我的臉，原來，這是一種占有欲和優越感的完美結合。

在心中暗爽之時，我還不忘在面上調教初空。我道：「我們來做一個約定吧。」我伸出小拇指，示意初空伸出手來。「以後只要你還需要我，我就一直陪在你身邊。一直陪著你。」

初空愣了一會兒，眼裡的淚又「啪答啪答」往地上掉，他一抹臉，伸出手緊緊將我的小拇指握在拳心。「嗯，我一直都要小祥，永遠都要。」

之前因著我擺出一副師父的架子，從未如此算計過初空，面上總是嚴肅多過嬉笑，用正經掩蓋本色，此時我方知，教育也是要情理結合、恩威並施的，如此方能成就一代絕世忠犬。我又捏了捏初空的臉，笑道：「好孩子。」

初空卻失神地看了我一會兒，探出手摸上我的臉。「小祥這樣笑最像妳。」

我一怔，見他自己也愣了愣。「咦……不知為什麼這話就說出來了。」因為還有一魄，初空的靈魂便會完整了。我輕聲問他：「初空還是不想修仙法嗎？」

他有些怯怯地看了我一眼。「小祥，對不起，我真的不喜歡修仙。」

我點了點頭，理解他，但難掩心中失落。肉團空始終不願意變成我心中的那個初空。

那夜之後又過了幾天，這幾天我不再逼著初空修習仙法，他也不像以前那般老是找機會溜出去與山中小妖們一起玩了，就在我身邊守著我，我去哪兒，他便跟到哪兒。想來是前幾天我離開了半天，把他嚇壞了。

這日天晴，我在後院餵雞，一把米粒撒下，陡然颳起一陣妖風，將我撒下去的米粒盡數吹走不說，連圈中的雞也給我吹跑了。我抬頭一看，竟是我前幾天打的那隻鹿馬獸。這妖怪倒是「痴心不改」，竟一直惦記著要尋我的仇，追到這裡來了。

鹿馬獸一撅蹄子，對空長嘶，聲音中全是憤怒。

我左右看了看，此處是我家，初空還在我身後傻傻地愣著，他約莫是沒見過這麼大的妖怪，一時嚇傻了。在這裡定是不能放開手去與牠鬥法的，唯有將牠引開。

我趁牠仰天長嘯之時抓了把雞屎砸進牠嘴裡。「叫什麼叫，要打架你跟我來呀！」我替初空捻個結界，將他護在裡面。「在裡面躲好。」我肅容交代，任由他在裡面拍打結界，我駕雲而起，往麓華山界外飛去。

以往都是初空對我做出這番舉動，今日我倆角色終於換了過來，我感到滿足和自豪。

嚥下雞屎的鹿馬獸更為憤怒，四蹄翻飛，跟在我身後便追了來。

離麓華山越來越遠，我終是頓住身形，一扭身，盯住鹿馬獸。「呔！放過你一次，居然還敢來找我第二次麻煩，可是想死極了？」

鹿馬獸理也不理我，頂著鹿角，一路嘶叫著向我衝來。牠來勢極快，我側身一避，險險躲開，擦身而過時，探手拽住牠頭上的犄角。我腳一抬，身形一動，順勢跨坐在牠背上。

被我騎在身下，鹿馬獸極為不滿，牠暴怒地又撅蹄子又蹬腿，想盡辦法要將我從牠身上折騰下去。

我雙腿緊緊夾住牠的身子，雙手握住牠的犄角，這一用力，我才感覺出來，這二貨頭上長的角居然是肉肉的質感，捏起來軟乎乎的……難道，方才它是想用這兩隻肉角將我頂死？我在牠顛簸的背上笑了出來。「嘿，你蠢得……我都捨不得抽你了。」話雖這麼說，該抽還是得抽。

我只用一隻手緊緊捏住牠的肉角，稍稍使了點兒法力讓牠的角與我掌心緊連在一起，空出一隻手來，在懷裡摸出一把團扇。這扇子只是凡物，但是用極好的紫竹做的，我捏著扇面，用扇柄狠狠抽了鹿馬獸的屁股一下。

「沒眼識的東西，竟敢來找本姑娘的麻煩！上次沒抽你，你不長記性，這次還長不長記性，還來不來鬧事！」我一邊抽一邊教訓牠。

鹿馬獸吃痛，叫喚得更厲害，身子也拚命地甩，要將我拋下去。我死死捏住牠的肉角，牠掙扎得越厲害我便捏得越緊，終於……一個不小心，只聽「噗」的一聲悶響，我拽住的那隻肉角被我生生拔下來，鮮血從那個角洞之中洶湧噴出，濺了我一臉。

拔……拔出來了？

我捏著那隻血淋淋的肉角呆住，鹿馬獸也沒了動靜，偏著腦袋，凸著眼望著我。

我在牠背上坐了一會兒，扔了扇子，手忙腳亂地把拔出來的那根犄角往那血洞裡面塞。「對不住，對不住，我真沒有拔你肉角的打算。這不都是意外嗎……誰讓你掙扎來著。」

牠頭上的血咕嘟咕嘟往外冒，染了我滿手。

終於，鹿馬獸不堪受辱，一撅前蹄，直立而起，我一時不察，直直從牠身上滑下去，鹿馬獸反過頭來一口咬上我的胳膊。牠牙齒太鈍，咬不穿肉，便搖晃著腦袋，想將我胳膊撕下來。

我心裡一急，拿著肉角便朝著牠頭上的血洞敲，鹿馬獸忍了兩擊，終於不堪折磨，鬆了口，仰天長嘶，狼狽敗去，灑了漫天血雨。

我駕雲站住，歇了好一會兒，看了看手上的肉角，心想或許可以拿回去泡酒，說不定能釀出不一樣的味道。我將它往懷裡一收，又擼起袖子看了看自己的傷，覺得沒什麼大礙，便慢悠悠地趕回家。

可越往家走，我越是心覺不妥。初空雖然不愛修仙法，但是也被我逼著修了幾年了，身體裡好歹也有了點兒仙氣，今日我們是碰上了個只知道報復的蠢妖怪，若是來個稍微聰明點兒的，定是先將初空吞了再來與我鬥。我能護他一次，卻不能次次護好他，他若沒個防身的本事，日後定是會受欺負的。

而且……他不修成仙身，我要怎麼一直陪著他？作為一個凡人的初空若去地府輪迴轉世，必定要喝孟婆湯，那時候，關於我的記憶，將會在他的靈魂裡被徹底洗淨。

光是想一想就覺得可怕。

回到小屋，初空還被關在結界裡，見我回來，他立即站起了身。我手一揮，散了結界，初空卻沒有如我想像中的那般一頭撲進我懷裡，而是呆呆地立在那方，瞪大眼望著我，神情怔愣。

我茫然一瞬，垂頭看了看自己這一身打扮，瞬間明白初空為何呆住了。鹿馬獸飆出的血染紅了我一身棉白衣裳，估計臉上、頭上也全是溼答答的血吧。我一聲嘆息，正想開口讓初空莫要擔心，陡然間腦海中一道精光閃過，我心生一計。

嗯……雖然騙小孩這事有損陰德，但全當我是為了你好吧。

我將被鹿馬獸咬過的手臂一捂，嘴裡一聲悶哼，腿一軟，整個人摔在地上。我緊閉著眼，發出疼痛的呻吟聲。

靜了一會兒，我聽到初空「啪答啪答」的腳步聲，他慌亂地奔至我身邊。「小……小祥？」

我掙扎著睜開眼，喘了好一會兒粗氣，叫喚道：「啊！我傷口好痛！」

這若是以前的初空，怕是早就抽了我兩巴掌，讓我自個兒爬起來了。可肉團空不懂，我這一身血便足以將他嚇傻了。他伸出手，顫抖著想來碰我，卻不敢碰，煞白著一張臉，帶著不敢言說的慌張，輕聲地問：「哪裡痛？小祥哪裡痛？」

我心頭一軟，覺得自己此舉實在太不要臉了，但戲都演了，總得有始有終才是。我咳了兩聲，將嗓音弄得沙啞起來：「沒想到，那妖怪這麼厲害，是我低估牠了。」我將衣袖拉起來，將被鹿馬獸咬傷的傷口給他看。

鹿馬獸是還未化成人形的妖，身上的妖氣又渾又濁，殘留在我傷口上的妖氣也是如此，黑霧纏著我的手臂，看起來嚇人，其實一個淨心訣便能將它清除乾淨。

肉團空看見我的傷口，臉色白得更厲害，我拽著他的手道：「初空，小祥沒用，之前沒有好好修仙法，這下……怕是要搭上自己的命了……」

「不會的。」初空搖了搖頭。「小祥很厲害……不會的……」他強忍淚水，眼睛一眨不眨地望著我，生怕眨了眼我便不在了一樣。

「就算我不在了，你也要好好活下去。初空，再見。」我閉上眼。

咦……這好似演過了點。

初空聲音極輕：「小……小祥？」

我大抽了口氣，又睜開眼，拽了初空的手，虛弱道：「若要救我，確實也有法子，不過……罷了，罷了。」我等著初空給我表決心，但沉默了半晌，他什麼話都沒說。我感到奇怪地轉眼看他，見他眼神出奇的亮，直勾勾地盯著我。我心裡有點虛，莫不是這孩子看出來了我是在騙他？

可隔了一會兒，肉團空只是湊過來抱住我的脖子，他拍了拍我的背，裝出大人的語氣，安慰我：「小祥不怕，初空會一直陪著妳的，妳別怕。」

可明明，他已經怕得渾身顫抖了。

我一聲嘆息，也懶得裝虛弱了，直接道：「小祥沒那麼容易死，只要以後每個月都有人用仙力為我驅走手臂上的妖氣，小祥就不會死。」

初空放開我。「每個月都給妳驅走妖氣？初空、初空現在可以嗎？」

「可以。」我用另一隻手摸了摸他的腦袋。「只是你現在還驅不乾淨。」

「我會努力修仙法的！」得到我的回答，他賭咒發誓一般大聲道：「以後我一定會好好修仙法的！」至此，他終於又紅了眼眶，眼淚大顆大顆地落下來。「初空以後都不偷懶了，我要好好修仙法來保護小祥，再也……再也不讓小祥受傷了！嗚哇！」

真是奇怪的孩子，知道我能得救反倒還哭了出來。

我不知道當時看見我閉眼的那一瞬，肉團空心裡是怎麼想的，但從那以後他當真好好學起仙法，再也沒有偷懶。我由此悟出了一個道理：小孩和男人一樣……都是要調教的。

在人間的歲月過得奇快，眨眼間，初空已十八歲。三魂七魄僅欠一魄的初空經過多年的修行，心智已與常人無異，他學習仙法越來越快，也在日復一日的學習中對仙法越來越感興趣，想要學的也越來越多。漸漸的，我也教不了他什麼了。初空便時常去外面遊歷，而不管他去了哪兒，每個月十五那天他都一定會回麓華山，依照小時候的約定，為我驅散手臂上的「妖氣」。

儘管他和我都知道，這裡根本就沒什麼妖氣。

看見初空的成長，我自然是高興的，唯一讓我著急的是，他一直沒有修得仙身。

今年盛夏之時，老虎精大花看上了鎮上的一個秀才，將他搶回來做相公，婚期訂在中秋之夜。我身為一個仙人，自然是不允許這種強搶相公的事情出現的，但我去大花領地裡看了幾次，見那秀才也是一副半推半就的模樣，也就隨他們這孽緣去了。

初空身為一個修仙人，自然也不能容忍強搶相公的事情出現。他不知這些年在山下受了什麼腐儒思想汙染，非要將秀才帶回鎮上，為此與自幼的玩伴大花鬧翻了幾次臉。

中秋前夜，初空又去「救」了那秀才一次，我跟在他身後將他逮回來，教訓他。「那秀才也喜歡大花呢，你一個勁摻和什麼？」我斜眼看他。「難不成，你看上那秀才了？」

初空撇了撇嘴。「小祥妳在想什麼呢？他們人妖殊途，是不能在一起的。」

我感到奇怪道：「為什麼他們不能在一起？月老手中紅線一牽，不管是什麼東西都可以在一起。」

初空一怔，一聲嘆息。「天上的神仙都像小祥這樣奇怪嗎？滿腦子亂七八糟的東西。」

我牽著他往回走，頭也懶得回。「現在奇怪的是你，滿腦子亂七八糟的也是你。姻緣這種事是外人能管的嗎？你就給我消停一會兒吧。」

身後的初空沉默了一會兒。「那……小祥的姻緣，我可以管嗎？」

我頓住腳步，回頭看他，只見黑暗中的他雙眼映著漫天星辰，璀璨動人。我的心可恥地一跳，臉頰竟有些發燙。「什麼？」

初空恍然回過神來，連忙搖頭道：「沒什麼，沒什麼，今日該為小祥驅除妖氣了，我們快些回去吧。」

這天半夜，我被初空的那句意味不明的話鬧得睡不踏實，迷迷糊糊爬下床起夜，剛坐起身來，忽覺涼如水的夜風灌進屋子。我側頭一看，初空趴在窗欄上靜靜地看著我，一臉深沉。

我撓了撓頭，脫口問他：「又尿床了？」

初空仍舊定定地看我。我一拍腦袋回過神來，現在的初空已經不是小時候那個心智殘缺的他了。

他呆了半晌，突然道：「我夢見小祥在雪地裡……閉上了眼。」他垂頭看自己的手。「感覺太真實，不像在作夢。我嚇得睡不著，便過來看看妳。」

理解了他話中的含意，我瞬間清醒不少。「你……」

「不管學了多少仙法，我還是像小時候那樣依賴小祥，真是沒用……」

而我在意的重點已經不在這些東西上了，我有些急迫地打斷他的話。「你夢見了什麼？什麼時候夢見的？還有沒有別的？」

初空抬頭看了我一會兒，眼神中藏了一些我不明白的東西。他轉過身，搖了搖頭。「沒了，就夢見這個。」

他開始慢慢記起來了！

我萬分欣喜。若是找到最後一魄，若是他修得仙身，初空說不定就能把所有的記憶都找回來！

我正色道：「初空，以後若你有事，十五這天便不用回來了。你現在應當是提升修為的緊要關頭，能不能修得仙身便靠這幾年打的底子，你若在外面有什麼機緣，斷不可為我而放棄。我這裡沒什麼事，你應該早就知道了。」

初空的身影僵了一僵，愣了許久之後，才弱弱地應了我一聲。

七時吉祥

第十七章

七世情緣可喜可賀

第二天，我去參加了大花的婚禮，而初空獨自下了山。

我沒想到的是，初空這一去竟有小半年未歸。

隆冬臘月，眼瞅著便要過年了，我琢磨著是不是應該出去尋一尋初空，但又害怕他正修行至重要關頭，我貿然尋去會亂了他的進度。瞻前顧後猶豫了幾天，找不找初空沒決定下來，我倒是恍然頓悟，李天王的最終目的這是達到了呀。我與初空在這第七世的時候，終於走上了小媳婦追相公的苦情路！

除夕這日，我刨出了埋在院裡的鹿馬獸肉角酒，釀製了這麼多年，我一直沒捨得喝，但今年這個除夕沒有初空相伴，至少來壺好酒以慰寂寥。我如是想著，剛把罈子開了封，忽聽院外有翩然而來的腳步聲。

酒香暈染了嗅覺，我抬眼看見初空踏雪歸來。

他終是捨不得留我一人過年。

我笑著對他招了招手。「你倒是會找時候回來，剛開了罈好酒，過來嘗嘗。」初空在院外愣了一會兒，我感到奇怪道：「進來啊。」

他撓了撓頭。「小祥這樣，倒像是我昨日才離開一樣，心裡做的準備都沒用上，我倒有些不知所措。」

「你本來就一直沒有離開過。」我接得順溜，初空又是一怔，呆了許久才過來坐下。我倒了兩杯酒，遞給初空一杯，將他打量一番，見他仍舊是肉體凡胎，心裡難免有些失落。不過他如今尚未弱冠，還有兩年的時間。我將自己一通安慰，笑道：「這次出去修行有沒有出什麼醜啊？說出來讓小祥開心開心。」

他搖了搖頭，斟酌了半晌，道：「沒出醜，不過我遇見一人，他說我三魂七魄尚缺一魄。」

我抿了口酒，抬眼看他。「嗯，是少一魄沒錯。」

初空垂頭靜默，看著天色漸漸暗了下來，山下的城鎮張燈結綵，比往常熱鬧了許多，更襯得麓華山中冷清。

初空仰頭將杯中的酒一口悶下，他咬了咬牙，問：「小祥沒有更多要告訴我的嗎？」

我琢磨了一會兒，心想左右初空現在也不小了，他的記憶應當也在慢慢恢復，與其一直讓他猜測，生出一些莫名其妙的念想，不如我全都先與他說了。我清了清嗓子，喝著酒一邊追憶以前的事，一邊將這些記憶化為語言，與他娓娓道來。

待說完前面六世，天已全然黑了，山下的小鎮放起了煙花，映得那一角天空五彩斑斕。我飲完杯中殘餘的酒，抬頭看初空，卻見他下垂著腦袋，額前細髮遮擋他的神色，讓我看不明白。

「原來……」沉默許久，初空發出一聲意味不明的苦笑。「那人說的竟都是真的。」

我茫然道：「什麼？」

「妳看見的，從來都不是我，只是那個初空神君。」

我皺眉。「你就是初空。」

初空此時卻已經不能將我的話聽進耳裡，如同入了魔障一般。「我一直都知道小祥有很多過去，但我也一直相信小祥是活在當下的，可是現在……妳卻讓我無法相信了……為什麼，妳總是要執著於過去？」

「我執著的只是你。」

「不是我！」初空打斷我的話。「妳在意的是回憶，妳只想讓我變回以前的初空神君。修仙也好，找回魂魄也好，小祥妳喜歡的，從來都不是我。」他瞪著我，眼眶已經紅了起來。

我揉了揉額頭跳動的青筋，按捺住脾氣，耐心道：「你先淡定一點聽我說。在第一世的陸海空死了之後，我也陷入過這個死循環，但是，在意這些有什麼意義呢？只要是同一個靈魂，身體這種東西對神仙來說根本就無所謂，你就是你，只是暫時忘了那一段記憶罷了，等重新記憶起來，這些都不是事，你是初空，初空是你……」

他彷彿忍無可忍，咬牙切齒道：「我不是初空！」他摔了酒杯，站起身來，扭頭便走。瓷器碎裂的聲音刺得我耳膜發痛。

我看了看灑了一地的酒，多年來隱忍的擔憂害怕，還有些許委屈盡數化為怒火，衝冠而上。

我捻動仙法，閃身上前，攔在初空身前。「你這死小孩……」我伸手去抓他，想將他就地正法，扒了褲子狠狠抽一頓屁股，哪兒想我手還沒碰到他，初空身影也是一動，眨眼間便消失在我眼前。我扭頭，只見他頭也不回地往下山的小道走。

這傢伙今天是要和我動真格的啊！我動了肝火，口中吟出仙訣，指尖仙氣化為繩索，手一揮，金色的繩索便往初空身上套去。眼瞅著縛仙索要將他綁住，他周身卻驀地蕩出一道邪氣，將縛仙索擊得粉碎。

我怔愣，身影一閃，落在初空身前，沉了臉色。「你若再動，今日便踏著我的屍體出麓華山。」

初空果然頓住腳步，他扭頭不看我，還是在生氣。而此時我哪兒還有心思去顧忌他這些小兒女心思，我直勾勾地盯著他，問：「這些事是誰告訴你的？你身上的法術又是誰教的？」

他沉默。

我從懷裡掏出紫竹團扇，捏在手裡。「你說不說？」

他知我當真生了氣，遲疑半晌，終是從嘴裡吐出兩個字來：「錦蓮……」

聽聞這個名字，我只覺眼前一黑，險些站不住腳。初空與錦蓮同歸於盡的場景又在我腦海裡跳出，我揉了揉額角，迫使自己冷靜下來。上一世他應當已經魂飛魄散了才是，難道他和初空一樣，藉由逆轉之力散魂於世間？只是沒有人幫他凝魂聚魄，所以他便只有一直飄蕩著。而今終於找到了初空……是想誘初空入魔嗎？

我冷眼盯著眼前的初空。「你什麼時候遇見他的？」

「三年前。」

竟然有這麼久了……我真是失敗，居然一直都沒察覺出來。

「方才我與你講的那些，你都不曾聽在耳裡嗎？錦蓮是怎樣的人，你現在還敢去找他？你以為你為什麼要受魂飛魄散之苦？若不是他……」

「若不是他，我根本就沒機會遇見小祥。」初空的目光落在我身上，有幾分難言的隱痛。「我不知道初空神君是個怎樣的人，即使小祥與我說了你們之間的故事，但這對我來說根本都是陌生的。在我的生命裡，只有一個小祥，我做的一切都是為了妳，但小祥是為了初空神君，即便妳再如何說我們是一個人，可我不認識他，他也不認識我。妳要我怎麼接受？妳關心我，只是因為妳關心另一個陌生人。」

初空一邊說著一邊往後退。「為仙為神的是初空神君，魂飛魄散的是初空神君，與錦蓮為敵的是初空神君，妳喜歡的也是初空神君。而我不是，我只是被妳賦予了初空神君的名字，久而久之，我連自己本來的名字都丟了。我不要再做初空，我只想做自己。」

我呆住，恍然記起自己從來沒站在初空的角度去考慮過他的心情。在他的心中，沒有那個傲慢的初空神君，他只是作為他而存在，也一直以為別人在意他是因為他這個個體。當突然有一天，他發現別人之所以對他抱以關注，完全是因為一個與他沒有關係的人——即便那人是他的前世。

他一定很失落……

我一聲嘆息，對他伸出手。「我們回去慢慢談可好？那錦蓮要誘你入魔，他不是什麼好東西，你別去找他。」

初空搖頭道：「小祥這話說遲了。他僅餘的那一魄已經將我的靈魂填補完整了，這一世，我不想修仙，我只要做我自己。」

我驚愕得呆住，心裡更是層層怒火燃燒而起。初空拚了命要殺掉以絕後患的人，居然要依託他的身體再現人世，這是多大的諷刺！他一飛而起，欲駕雲離去。

「做什麼你自己！」我一咬牙，手中團扇揮動，讓他腳下雲朵飛散，我飛身上前，一把擒住他的手。「今日我便是扭斷你的手腳，也不會讓你離開麓華山一步！」

初空扭頭看我，眼裡藏著深邃的光。「小祥。」他的聲音竟從我身後傳來，我駭然，眼見我拽住的這個初空化作一道白煙，消失於空中，身後一個陰影將我籠罩，我側頭一看，初空站在我的身後，脣角微動。

「對不住。」

好嘛，好小子居然學會用幻術騙人了！

我後頸一痛，眼前的東西開始慢慢變得模糊，腦海裡只有一個念頭，初空這小孩……長歪了……

我捂著痠痛的後頸醒來，在雪地裡躺了一夜，身體彷彿要凍僵了一樣。

那個死小孩竟真的打暈了我，放任我在雪地裡睡了一夜！我心裡恨得滴血。我那麼辛辛苦苦養大的小孩，為了幫他凝魂聚魄，幾次都險些丟了命，想我祥雲仙子何時為誰付出過這麼多心血，眼瞅著要勝利了，錦蓮卻橫插一腳生生竊取了我的果實！新仇舊恨加一塊，我恨不能捉出他那殘魄扔給鹿馬獸吃掉，讓他變成滋養大地的肥料！

而氣憤背後更多卻是委屈和不甘，錦蓮是個壞人就算了，初空居然還跟著壞人走了……

我的教育到底是有多失敗。

我拍了拍臉，心道不能如此放棄，這些帳都記下，待初空找回記憶之後，我再慢慢讓他還回來！我站起身來，忽覺身後猛地衝來一股妖氣，下意識捻了個護身訣。我轉過身去，只聽一聲嘶叫，然後一隻肉角頂在我的肚子上。

軟軟的觸感在我肚子上戳了一下又一下，我挑眉，看著這隻與我算是熟識了的妖怪，問：「你這是打算用這隻肉角將我戳死？」

看來這隻鹿馬獸還是一個極為記仇的妖怪，這麼多年了還想著找我報復……只是平時不敢下手，今日是自以為終於逮到一個我受傷的時機，想來將我欺負一通的吧……

可為什麼混了這麼多年，牠的智力仍舊這麼讓人著急呢？

我探手握住牠涼涼的肉角，鹿馬獸渾身一僵，彷彿想起了什麼不好的記憶，立即沒了動作。我感到奇怪道：「你既然是來報仇的，動作怎麼這麼溫和？反應未免也太遲鈍了……」看了看牠背上的雪，我瞭然。「你莫不是在暗地裡觀察了一晚上不敢動手，現在見我要走了，心急了才不知死活地衝出來的吧？」

鹿馬獸又僵了一僵。

我握著牠的肉角大笑。「蠢成這副德行你是怎麼活下來的啊！那些殘魂你到底是怎麼捉住的！」脫口而出的這句話讓我自己呆了一呆。鹿馬獸作為一個專業狩獵殘魂的妖怪，一定有辦法將錦蓮這種侵入別人身體中的殘魂趕出來！

彷彿有一條通往光明的路在我眼前打開。我摸了摸鹿馬獸的角，蹲下身去，看著牠的眼睛，用盡了這一生的溫柔道：「鹿馬獸，小獸獸，姊姊問你，你知不知道怎麼把鑽進別人身體裡的殘魂趕出來啊？」

鹿馬獸凸著眼，驚駭地往後退了兩步，一副隨時準備跑的樣子。

「你別怕，姊姊是好神仙，來，你好好和我說，有沒有辦法把殘魂趕出來？」

牠遲疑地點了點頭。我大喜，眸含熱淚，上前兩步摸了摸牠毛茸茸的臉。「小獸，你看，人生何處不相逢，你我相識也是緣，且不管我們過去有什麼過節，在此，我們一笑泯恩仇，化敵為友，攜手共創美好明天，你說可好？」

鹿馬獸凸著眼再往後退了兩步，牠側著腦袋看我，顯然對我這番話不相信。我咬了咬牙，繼續笑著湊上前去。「實不相瞞，神仙姊姊這裡有件事要請你幫忙……」

鹿馬獸轉身就走，我一閃身，攔在牠身前。「好吧，你開條件，怎麼才肯幫我。」

牠斜眼看我，我深吸了一口氣，彎腰鞠躬。「對不起，之前把你的肉角拔了。」牠哼哼了兩聲，我又道：「對不起，我不該拿它來泡酒喝。」

牠不敢置信地望著我，像是在問：「妳泡了我的角？」

我老實道歉。「對不起，昨天除夕，我不小心就把酒喝完了，也沒給你留點……」

鹿馬獸仰天長嘶，眼中好似含了一汪熱淚，牠轉身要躍上天去，我此時也顧不得什麼臉面了，衝過去將牠脖子一抱，大聲道：「都和你道歉了。你還要怎樣！我錯了！都是我的錯行了吧！」

牠甩著腦袋，掙扎著要跑，我心一狠，大喊：「好！踩臉！我給你踩我臉！你隨意踩！隨意洩憤好吧！」

鹿馬獸轉眼看我，我放了牠，將散亂的髮絲往身後一綁，仰頭躺地上道：「來踩吧，隨意踩，洩完憤就和我去找人。」大雪天喘出的粗氣噴在空中變成一團團雪白霧氣，鹿馬獸舉起蹄子，放在我臉的上方。

我閉了眼，心道，初空，老娘這是為了你把什麼都豁出去了。

哪兒想等了半天，也沒等到蹄子落在我臉上，倒是有一滴滴溫熱的水珠落了我一臉。我睜開眼，看見鹿馬獸正垂頭在我上方無聲地哭泣，眼淚「啪答啪答」往下掉，好不悽慘。

我心頭一軟，抬起手來摸了摸牠的臉。「你別哭了，不然，等以後我回了天界，再下來收你當坐騎好了，絕對不讓別人因為你只有一隻角笑你。」

牠哭得悄無聲息，我又好好安慰了牠一會兒，牠才重新收拾好情緒。我還在猶豫要不要立馬就走，鹿馬獸卻咬了咬我的衣袖，讓我上路，這妖怪出人意料地善良嘛……

於是我便也不再瞞牠什麼，直白告訴牠。「我家初空身體裡缺了一魄，有個壞蛋神仙的殘魄跑進了他的身體裡，那殘魄之中帶著邪氣，他想誘初空走入歧途，所以等我們找到初空之後，你去把那殘魄弄出來，然後我來淨化，你再把他吃掉，直接把他變成屎的靈魂，放出去。」

鹿馬獸乖乖地點了點頭。

我摸了摸胸前的紫珠子，藉由它的力量找到初空離去的具體方位。

一路追尋，我不敢停，就怕稍微晚了一點點，初空便徹底走上那條不歸路了。提心吊膽地尋找，在我尋得有些心灰意冷之時，胸前的紫珠子總算有了一絲感應。

我心中一喜，順著珠子的牽引，從空中落下去。看見下方環境，我呆了一呆，此處竟是當初錦蘿藏石妖之心的地方……也是初空消失的地方。

我甩了甩腦袋，穩住心神。而今此處只餘一堆碎石山，有一人孤立其上，我定睛一看，那可不就是初空嘛！一見他，我心頭便有無名火竄起，也沒有招呼鹿馬獸一聲，就直直衝下去。我深吸一口氣，不等初空看清我，我一掄胳膊，二話沒說，照著初空的臉便是一拳揍過去。

從小到大我沒怎麼打過他，這一次，我是斷斷不能心軟的。

初空被我這一拳揍飛出去老遠，直撞上了一塊大石，才停了下來。他單膝跪地，在一片塵土飛揚中咳了起來。

不留給他喘息的機會，我身影一動，落在他跟前，口中唸訣，縛仙索由指尖射出，如蛇一般飛速纏繞在初空周身。他身邊騰起一股黑氣，如那晚一般想將縛仙索震碎，但已有了前車之鑒，我又豈會再讓他得逞一次。

另一隻手從懷裡掏出紫竹團扇，我一聲短喝：「淨！」周身仙氣蕩出，滌蕩邪氣。

自打初空在我眼前魂飛魄散之後，我花了不少功夫在術法的修行上，雖然還差正經的仙人老遠，但對付只修仙十幾年的初空還是足夠了，即便他身體裡有錦蓮的殘魄。

邪氣散去，縛仙索將初空緊緊捆綁住，我肅了臉色，居高臨下地看他。「你對我有什麼不滿，你想做什麼樣的人，我都可以慢慢和你談，甚至為你妥協，但我唯獨不能容忍你入邪道。為神為仙者，即便心中沒有天地蒼生，也該有大是大非。」

「小祥。」初空抬起頭來，容貌與往日一般乾淨，但他脣邊的笑容帶著極大的無奈。「妳從來都沒問過我的意願，為什麼我非得為神為仙？我修仙只是為了可以保護妳，但是，妳要的不是我的保護。」

我喉頭一梗，覺得我現在與他說什麼大都是說不通的。我轉頭喚來鹿馬獸，正在等牠過來，忽覺一股邪氣森森溢出，我駭然回頭，卻見初空周身的邪氣濃郁，將捆綁著他的縛仙索寸寸腐蝕。

那錦蓮……到底對初空做了什麼！

我愕然，撲身上前欲捉住初空的手，他轉身一躲，避開我。我大怒，用最快的身法跟上前，與初空短促地過了幾招，他腰間有劍，幾次想拔但都沒有拔出來。知道他還是不想與我動手，我心頭一暖，接著又狠了下來，我使力將他腳一絆，拽著初空的衣襟便將他撲倒在地。

我將他緊緊壓住，大聲一喚：「鹿馬獸！」

空中一聲長嘶，鹿馬獸破空而來。初空掙扎，我按住他的脖子道：「你要嘛將我殺了，要嘛便束手就擒。」

我帥氣地說完話，初空卻一咬牙，隨手摸了一顆石子，輕輕一彈，打在鹿馬獸剛要落地的蹄子上。鹿馬獸吃痛，落地不穩，身子一偏，逕自往我身上倒來。

我心裡一慌，初空趁機翻身躍開，我待起身去追，鹿馬獸卻重重壓在我身上。我罵：「你個成事不足，敗事有餘的東西！」

那邊的初空欲駕雲而走，而我好不容易才尋到他，怎會再讓他逃掉！

這個不讓人省心的混帳東西！

我推開鹿馬獸，身形尚未站穩，舉起手中的團扇，大喝：「雲來！」

初空腳下的祥雲飛至我身邊，我捻訣。「箭。」柔軟的祥雲凝形為箭，我也不心軟，手直指初空，祥雲利箭奔射而出。

初空身形也不慢，左右一晃，躲過第一波雲箭，他靜靜地回望我，眼裡有按捺不住的無奈。「小祥，妳別再跟著我了，我不是妳想要的那個初空神君。妳就當這一世從來沒有找到過我吧。」

我氣得破口大罵：「費心費力養你十幾年，你說沒找到過，我就要雙眼一抹黑，充瞎子嗎！憑什麼！我管你是哪個初空，今天我就是養了頭豬也不能讓別人給我牽去吃了！滾回來！」

初空脣角動了動，彷彿想說什麼，但又嚥進肚裡去。

我團扇一揮，招來天上更多雲朵，令它們皆化為利箭，一扇揮下，鋪天蓋地的箭雨落下，初空避閃不過，眨眼間身上便中了幾箭。雲箭一擊中初空便化作白霧消散，可仍舊在他身上留下了或深或淺的傷口。

我本意是讓他動彈不得，所以下手便沒有放水，但此時看見他一身是血的模樣，我還是可恥地軟了心腸。

空中雲箭稍歇，初空身子一軟，跪在地上。我心頭一緊，下意識想上去扶他，可剛邁出兩步，便見初空周身邪氣騰起。我怔愕，那方單膝跪地的初空緩緩抬起頭來看我，他的左眼如常，而右眼之中卻是一片殺氣瀰漫的血紅。

他只如此遙遙一望，便讓我脊梁一寒，彷彿又見到當初那個令人顫慄的錦蓮神君。

我嚥下一口唾沫，心道絕不能讓這一世的初空再毀在錦蓮手上，即便讓我搭上性命。我鼓起勇氣，抬腳走向初空。

那方的初空眨了眨眼，彷彿突然回過神來，他嗆咳了兩聲，唇角溢出鮮血，神色帶了點兒慌亂，一如他幼時打碎了碗碟時那不知所措的模樣。

「妳別靠近我！離我遠點……」他一步步往後退，像是生怕我觸碰他一樣。「我不想做那高高在上的初空神君，我不要隨妳回去。」

聽得他這話，我心裡更是火冒三丈，不管不顧地一躍上前，伸手扣住他的肩膀。不知是剛才哪一支箭射中他的肩，我一抓下去，手心便染上了滑膩的鮮血。

我渾身一僵，初空的肩往下一躲，掙開我的手，反手便是一掌擊在我的腹部。陰冷的邪氣灌入身體之中，我被震退兩步，不敢置信地望著初空。「你……當真對我動手？」

雖然，之前我也對他動手了；雖然，以前我和初空也常常動手；雖然，他現在已經不再是以前的初空……

初空亦是不敢置信地看著自己的手，他驚慌地想解釋：「小祥，不是我……」

而此刻，我已怒得聽不進他的話了，連法器也懶得用，飛身上前，一把擒住初空的胳膊，一腳踹上初空的膝彎，迫使他跪下去。我一聲急喚：「鹿馬獸！」

一直在旁邊圍觀的鹿馬獸立時跑上前來，初空身子一掙，想要逃離束縛，我死死將他扣住，森冷的邪氣順著初空的手臂纏上我的手腕。初空掙扎得更為厲害。「妳放開我！」

我不動，待鹿馬獸行來，牠埋下頭，用頭上肉角輕觸初空的額頭，一絲絲邪氣漸漸溢出，鹿馬獸往後退了兩步，彷彿有些畏懼。

能不能拉出錦蓮的殘魄在此一舉，我一咬牙，拚盡渾身仙力努力壓制住邪氣，越是努力壓制，邪氣反抗得便越是厲害。

反噬之痛猶如噬心，寸寸入骨，我強忍著不發一言。拚命的同時，我心裡既是慶幸又是哀痛，慶幸的是還好我遇到的只是錦蓮的一抹殘魄，以我之力，尚能與之相抗；哀痛的是，當初，初空到底忍耐了多少苦痛，才與錦蓮同歸於盡，而今……他這個不懂事的轉世，卻要跟著錦蓮入魔！

想一想便覺得可恨！

我忍不住心頭火起，狠狠踹了初空屁股一腳。而此時他卻沒了反應，想來也是，錦蓮入了他的靈魂，而今令他們魂魄分離，又豈會好受。

凝在鹿馬獸肉角之上的邪氣越來越多，我隱隱看見初空的額頭上有一抹金光溢出，是錦蓮的殘魄！我心頭大喜，凝神壓制邪氣。初空難耐疼痛，悶哼出聲。

鹿馬獸一聲長嘶，仰頭向天，肉角之上附著一個在黑霧之中透著金光的殘魄。

分出來了！我欣喜萬分，正捻了一個訣要去淨化它，那金色殘魄周身邪氣竟飛速旋轉起來，鹿馬獸吃痛，搖頭晃腦地發出悽慘嘶鳴。

它要附鹿馬獸的身！我大驚，飛身上前，一隻手緊緊抓住鹿馬獸的肉角，喝道：「不想最後這一隻角被拔下來就別亂動！」

鹿馬獸渾身一僵，果然老實地站住身子，儘管害怕地微微顫抖。

我扯下脖子上戴著的紫珠，我不知道這東西能有什麼用，但我渾身上下能頂用的東西似乎就只有它了，一時也不管三七二十一，先握在了手心。雙手揑住鹿馬獸的角，我窮盡元神之力，將仙氣散出，一聲大喝：「淨！」

恍覺天地之間一片寂靜，手中紫珠光芒大作，宛如破開晨靄的陽光，肅清人間混濁。

光輝漸消，鹿馬獸的肉角還被我揑在手中，邪氣不在，錦蓮的殘魄也已經消失。我鬆開掌心，看見手中的紫珠已變為一顆灰色的石頭，再不復閃耀。

錦蓮這一生都想奪得紫輝的心，想獲得逆轉之力，現在……他也算是圓了最後一個願望。而紫輝……這天地間，已再無紫輝此人，他留下的所有，都已全然消失。

我脫力坐在地上，手腕上傳來陣陣刺痛，是方才被錦蓮的邪氣所侵。這具身體已經不能再用了，不然會殃及元神，讓我入了邪道。

我轉頭看初空，他一身是血地向我走過來，然後跪在我身前，伸出手，卻不敢碰我。我在他漆黑的瞳孔裡看見了自己慘白的臉色，我道：「其實，仔細想想，你說的話也不錯。」

他一怔。

「你和初空，或許真的是兩個人吧，沒有他的記憶，性格也截然不同，但是，我還是喜歡你。」我抬起手，像以前那樣摸了摸他的腦袋。他臉色蒼白，唇角顫抖，像是快要哭出來了。「我從沒想過這一世會是用這樣的方式結束，也從沒想過，上天是用這樣的方式讓我死心。」

我摸了摸他的心口。「那最後一魄，我不找了，也找不了了。你不想回憶起從前，這一世便算我獨斷專行，做錯了。你想要的自由和自我，以後都不會有我干涉其中。」

「不是這樣……小祥，妳聽我慢慢和妳說，不是這樣……不是這樣的！」

我眼前的世界慢慢模糊，初空的臉也不再能看清楚，耳邊涼風颼得我眼角溼潤，幾乎要落下淚來。我嘆：「是不是……都隨你吧……」

黃泉路在我面前蜿蜒展開，這條路我走了七次，以後再也不會踏上去了。

我回頭，看見初空抱著那具已經沒有氣息的身體，低聲哽咽：「妳不要丟下我，妳別丟下我……」

我轉過頭，決然踏上黃泉路。不管是哪個初空，以後，我都不找了。

地府，我在眾小鬼仰望的目光中踏入閻王殿。閻王已歸，正趴在書案上寫著什麼東西。

聽見我推開門的聲音，他抬頭，望見是我，怔了一怔，然後往我身後一陣張望。「初空……神君呢？」

「在人間，他想做個凡人。」

判官在一旁挑了挑眉。「妳還真把他的魂都聚起來了？」

我點了點頭，只覺得一陣心累。「七世情劫歷完了，錦蓮也徹底消失在世間了，我……們……」我垂下眼眸，頓了一下又道：「我超額完成了任務，現在是不是可以恢復仙身，重返天界了？」

閻王與判官對視一眼，兩人沉吟了一會兒，閻王道：「可以是可以，不過，就這樣放任初空神君在人間真的好嗎？這一世他若死後下界來喝了孟婆湯，以後興許生生世世都得做凡人了。」

這樣的事情我又何嘗不知道，也是我一直所害怕的。在以後的歲月之中，再沒有人與我擁有一樣的記憶，只剩我一個人想念從前，直到我也漸漸忘卻。我們許過的諾言，不會有人去實踐，我與初空的經歷，所有的喜怒哀樂，都成了過往雲煙，不復存在。

「就讓他做凡人吧。」我道：「這是他所希望的。」

閻王琢磨了好一會兒才道：「小祥子，妳這莫不是在生悶氣？可是那初空神君沒了記憶後，對妳做了什麼讓妳不開心的事？」

我瞪了閻王一眼，有一種被看穿心思的不爽感。「干你什麼事！送我回天界，我要回天界！」

閻王摸了摸鼻子，硬著頭皮勸我：「小兩口吵架可以，但吵歸吵，這樣重要的事情還是兒戲不得。他日若初空神君當真生生世世做了凡人，苦的可還是妳啊，而且……」他小聲嘀咕：「我還賭了十兩金呢。」

他一說十兩金，我便想到我那十個銅板，心中更怒。「要讓那二貨回天界，閻王你自己去勸吧！我不管了，他愛在人間受虐，就讓他在人間受虐！隨他去！」言罷，我轉身要走，行至閻王殿門口，沒聽見人來勸我，我撇了撇嘴，扭過頭去。「喂……那啥，把你那個前世鏡借我回去玩幾天。」

閻王斜眼看我。「妳這丫頭心裡又揣著什麼陰謀詭計呢？」

「女人的祕密。」

再回天界，入目的一切既熟悉又陌生，看見我的仙友都過來與我和善地打招呼，一切與我下界之前似乎沒什麼不一樣。少了一個初空神君，天界還是天界，神仙薄涼，沒有凡人那麼多的感觸。或許當初下界之前，我也是這樣吧，只是現在……

我一埋下頭，就能嗅到自己一身塵世俗氣。

回到月老殿，月老殿裡的紅線還是如往常一樣被月老亂牽一通，混在一起理不出頭緒。我繞到後院，看見月老又在偷喝酒躲懶睡覺，我深深覺得自己這一身壞毛病就是跟這不可靠的月老學來的。我上前，捉住他兩根白鬍子，毫不留情地拔了下來。

「哎唷！」月老一聲痛呼，捂住下巴，醒了過來，他緩了一會兒才抬眼看我。「啊，小祥子，妳回來啦！」

我斜眼看他，他識相地改了稱呼：「好吧，小祥。一回來就折騰我這把老骨頭呢！對了……」月老左右看了看，湊到我耳邊問：「妳這下界可沒跟初空神君在一起吧？天界開的賭局，我賭你們不在一起，押了五兩金呢！」

「內部消息。」我把拔下來的兩根長長的白鬍子吹出去。「你若不想賠錢，便快些改注吧。」月老睜圓了眼望我，我笑道：「我拿以後一生的工錢來賭，我和初空絕對能在一起。」

月老呆呆地望了我一會兒，轉身掏出一個算盤撥了撥。「妳一生的工錢也沒有五兩金啊，妳的消息也是出了名的不可信。」

我抽了抽嘴角。「隨你！」言罷，抱著前世鏡便窩回自己的房間。

將門一鎖，我把前世鏡放在書案之上，心情有些複雜。其實方才月老說得對，就像我一生的工錢沒有五兩金一樣，我的消息自己也不知道正不正確。

我只是憑著自己的直覺在猜測，或者說憑著我對初空的信任去賭——

我相信初空絕對不會想要入魔。

即便他沒了前世的記憶，即便他再如何想去證明自己，即便他是在吃醋生氣，他也絕對不會順著錦蓮的心願想要入魔，他始終是一個善良的人。傲嬌的初空神君也好，陸海空也好，肉團空也好，我一直都相信他深藏於內心的正直溫柔和善良。

而且，肉團空要入魔這事實在透著蹊蹺，他說錦蓮在他身體裡三年了，既然他願意讓錦蓮入他的身，那為何三年前不跟著錦蓮走，偏要等到現在？我大膽猜測，肉團空是不小心被錦蓮入了身，並且一直被錦蓮影響著，但他又害怕我擔心，所以才一直沒告訴我這事。

他在意我，並且過分在意。

我望向前世鏡，鏡中起了波瀾，我看見初空仍舊抱著那具被我拋棄的身體，身形僵硬，彷彿他也成了一具屍體，不會再動了。

「我不是初空神君。」他靜靜地訴說，聲音沙啞：「我心中沒有天地蒼生，也沒有大是大非，我只想護著妳，我只是想護著妳而已！什麼自由，什麼自我，我都不想要，能成為妳喜歡的那個人，能將我的身影停駐在妳的目光中，一瞬也好，知道妳喜歡我，這就夠了。」

「我不是真的想惹妳生氣，我只是害怕……害怕自己有一天控制不住傷了妳，所以才想方設法離開。我只是覺得……」他聲音哽咽，腦袋埋在我的頸項，就像我以前安慰他時那樣。「我只是覺得，不能讓我身體裡的那人害了妳，我只是想拚了命護著妳，我只是想如果妳對我失望的話，等我死後，妳是不是就會少一點傷心？」

我心頭一痛，聽他繼續道：「對不起，我那麼笨……我還是像小時候那麼笨，想不出更好的法子！」他泣不成聲：「妳起來打我吧，妳起來教訓我，怎樣都可以，就是……別丟下我。」

「妳知道，我最害怕的，就是這個……」

果然，和我猜測的一樣。

我努力壓下心頭複雜的情緒，理性分析。三年前錦蓮殘魄附上他的身體，開始告訴他之前的事，努力想將他誘入邪道，初空雖一直沒有聽信他的話，但邪氣肯定對初空有所影響。

三年以來，初空每個月十五的時候都會回來一次，而每月十五是人間清氣最盛的時候，他這時回來見我，定是有完全的準備能壓制住邪氣。後來他幾月未歸，或許是以他的力量壓制不住身體裡的邪氣了。

除夕之夜，他回來，在我告知他以前所有事情之後，他尋了個理由，找到藉口，說一些可恨的話，激怒我、打暈我，他一次次無奈地看我，一次次告訴我別去找他了。靜下心一想，其實，這些行為又何嘗不是他在向我道別。

他讓我這一世就當沒找到過他，他帶著錦蓮去了曾經的初空與他同歸於盡的地方，都是因為他想讓一切回到原點！

我以為肉團空已經和常人無異，但現在才知道，他還是很笨，他又想與錦蓮同歸於盡了；而他害怕在他又一次死去的時候不知道怎麼安慰我，所以他只有防患於未然，用這麼笨拙的方法，讓我對他失望、絕望，然後，等他離開之時，我就不會傷心了。

真是……

蠢笨到了極點的傢伙！

他當真以為我就那麼蠢，當真以為我看不出他行為的古怪，當真以為他把事情做成這樣就可以護著我了？我咬了咬牙，此時真想拽著他的衣領咆哮。「你這輩子到底蠢成了什麼貨色！你看看你把本來可以好好過的一輩子蹧蹋成啥樣了！」

不過事已至此，也就算了，我關於肉團空的第一個賭，也算是賭贏了。至於這第二個賭……

肉團空你不是想護著我嗎？你不是最害怕被我丟下嗎？好啊，我偏讓你護不了我，我偏要在你跟前死上一次，讓你意識到你之前做的事是錯的，用的功也是無用的！你若怕極了被我丟下，那就努力修仙唄！努力找到自己最後的那一魄，憑藉自己的本事再得仙身，成為初空神君，像個男子漢一樣，堂堂正正上天界來找我。

我賭肉團空有那個勇氣和能力。

前世鏡中的初空還在垂頭哽咽，或許對他來說，我是徹底離開了，他需要時間來走出陰影。而我相信初空一直那樣堅強。只有那樣的初空，才是值得我喜歡的男子。

初空身邊的鹿馬獸用肉角輕輕頂了他兩下，彷彿在安慰著他。我扣上前世鏡想，等初空回來之後，我們一起去把鹿馬獸接上天界吧，我們一起騎牠，然後去兌現以前初空給過我的承諾。

五天時間，我沒有碰前世鏡，像以前一樣，在月老殿前打著瞌睡看門，天上關於我和初空神君能不能在一起的賭局越炒越烈，眾仙友見初空成了一個凡人，而我又半死不活地每天都睡在月老殿前，一窩蜂改了注，認定我倆絕對不會在一起。

倒是月老默默地又從他的小金庫裡摸出五兩金，加上前面五兩金，一共十兩金，全改注投在了「會在一起」那一方。眾仙友以為月老只是為了安慰我做做樣子，而我知道，月老這種摳門神仙，斷不會拿自己的錢財來安慰我，他終是相信了我……

或者說，是因為他每天都趁我不注意時，悄悄摸進我的房間去看那前世鏡，然後相信了初空。

天上五天，人間已是五年，算來肉團空今年已二十三歲。

今日我還是不打算去看那前世鏡，我知道我的脾性，越看越急，想的越多越會壞事，不如坦然相對。大不了初空這一世死了，下一世我再去尋他就得了。大不了他忘了我，我便憑藉自己天上人間僅有的魅力讓他再愛上我一次罷了。

人間世事，最難不過是堅持。

我打了一個哈欠，在殿前階梯上換了一個姿勢準備睡去，忽聽南天門那方有雀鳥在鳴叫，是迎接新飛昇上界的神仙的動靜。這天界，除了我這被月老點化的半吊子神仙外，已經整整五百年沒有誰飛昇成仙了。

這於天界來說可是一樁喜事。

我心頭也有了一個隱隱約約的猜想，可還不敢坐實，便見殿中的月老狂笑著衝出門來。

「哈哈哈！下注下對啦！錢是我的啦！我的小金庫等等月老爺爺！我這就來接你們！」

望著月老發足狂奔而去的背影，我始知，自己確實是應該高興的，但是心頭的雀躍又讓我有點邁不出腳步，到時候該說什麼話，做什麼動作？我以為我自己能坦然面對重逢，可當重逢來臨的時候，我才知道，原來有時在緊要關頭手足無措，也是情有可原的。

我這方還在猶豫，忽見天邊一個黑色的身影駕著一朵焦黑的祥雲，晃晃悠悠地向月老殿這邊而來。他移動得慢，像是隨時都會掉下來一樣，我都憋不住想助他一臂之力，幫他把那朵焦黑的祥雲架穩。可還沒等我抬起手來，天上的那人倏地栽了下來，直直落在殿前的祥雲地毯上，發出「噗」的一聲，猶如屎的靈魂——屁。

我眨著眼，看著那人艱辛地從祥雲地毯裡把腦袋拔出來。

他是有多狼狽——被劫雷劈炸了的頭髮，髒兮兮的臉，一身衣服已經髒得看不清顏色，但不用看他的長相，我也知道他是誰。

他站起身來，拍了拍自己的衣衫。「眼瞎了嗎？也不知道過來扶小爺一把！」

不知為何，我眼眶一紅。「初空……」他真的像我想像中那麼堅強，自己找回剩下的那一魄，自己努力修成仙身，自己扛過了劫雷，將一個完整的他帶到我的面前。

聽得我這聲喚，初空也怔了一怔，然後皺起了眉，他揉了揉額角，頗為苦惱道：「不……等等，妳先別急，等我轉換一下身分，我要琢磨一下該用怎樣的語氣和妳說話。太混亂了。」

七世情劫，我見過太多不同樣子的初空，他或許比我還要混亂。不過，有什麼關係，因為我所有的記憶中的人都是他，這是我最值得慶幸的事。

不過在慶幸之前……

我伸出手，語氣不善地向他討要。「十個銅板，因為你而賠出去的，你要賠我。」

初空眨著眼望了我一會兒，不敢置信地盯著我指控道：「小爺拚了命修成仙上來見妳，褲腰帶都要被劫雷劈沒了！妳居然還要我給妳十個銅板，我上哪兒掏十個銅板給妳！」

「沒有？」我挑眉，嚴肅道：「不賠錢，那就把人給我，以身相許了！」

初空愣了一愣，扭過頭去摸了摸鼻子，小聲嘀咕：「不早就是妳的了嗎……」

我心頭一軟，撲上前去，不管此時的初空有多狼狽，也不管他臉上有多髒，我一口咬上初空的唇，然後又放開。「蓋章了！以後你就是我的苦力，賺的錢都歸我！」

初空狠狠一呆，怔愣地望了我好一會兒，無奈嘆息。「這事不是妳這麼做的。」

他埋下頭，唇瓣貼上我的唇瓣，溫熱的觸感，漸漸深入，慢慢溼潤。他用超出他脾性之外的細心教會我這事到底該怎麼做，或許以後還會教會我更多……呃，正經事……

番外一

陸海空

又是一夜雪未歇。

屋中火盆裡的銀炭安靜燃燒，溫暖了房間。

陸海空皺了皺眉頭，緩緩睜開眼，右眼混濁，左眼清明，他的世界永遠有一半的黑暗。

他眨了眨眼，散去睡意。生平第一次宿醉，讓沒有經驗的他頭痛欲裂。

陸海空揉了揉額角，坐起身來。

「醒了？」

女子溫婉的聲音在他耳邊響起，陸海空有一瞬間的怔然，以往只有雲祥才會在這種時候待在他身邊。

陸海空失神，還沒等他抬頭看來人是誰，一雙柔若無骨的手便按住他的太陽穴，為他輕輕按摩。

「下次別喝那麼多了，受罪的可是你自己。」

不是雲祥……雲祥只會拍著他的腦袋罵：「臭小子好的不學，喝什麼酒，活該你頭痛。」

而且，現在雲祥也不可能在他身邊了……

一把拍開女子的雙手，陸海空冷眼看她。「沒人告訴妳嗎？不能隨便進我的房間，也別碰我。」

來人是陸嵐收的義女，名喚陸馨，是個溫婉的女子。她一聽陸海空這話，立時呆住了，她收了手，有些手足無措地站在床邊。「對不起，是義父讓我來的，他說你昨晚喝醉了，讓我在這裡照顧你。剛才……我只是想讓你舒服一點兒。」

不應該這樣回答。

陸海空揉了揉腦袋，遏制不住腦海裡莫名迸出的一個聲音，帶著些許流氓氣，在他耳邊竄來竄去。

「不讓碰？你是瓷做的嗎？碰一下會碎掉嗎？來碎一個給我看看。」

他說一句話，幾乎不用想，腦海裡便會出現那人對答的身影，彷彿附骨之疽，讓他根本無從拔除。

陸海空只覺得一陣頹敗，敗給心頭揮散不去的那個人；或者說在她面前，他從來就沒有勝算。陸海空捂了臉，一聲嘆息。「出去吧，以後……別隨意進我的房間，誰說的都不行。」

陸馨委屈地垂下頭，沉默了一會兒才小聲道：「桌上有粥，是我昨夜熬好的，一直在火上煨著，你好歹喝點兒……」

他若是喝了，雲祥大概會生氣吧。雲祥的脾氣本來就不好，又那麼容易吃醋。陸海空彷彿沒聽見她的話一般，只冷聲道：「出去。」

陸馨咬了咬脣，終是退了出去。

陸海空下床穿上鞋，簡單刷牙洗臉一下，披上戰甲，出了門。屋外的大雪漫天飛舞，灑了一地銀白。陸海空微不可見地皺了皺眉頭，昨日是這樣飄著雪，去年的昨日也是如此飄著雪，雪花帶走了雲祥，也埋葬了他。

陸海空邁步向練兵場走去。雲祥離開人世已有一年的時間，心間的空洞，他學會用別的東西來填補。他聽了雲祥的話，好好過著這一生，努力活著。他不想辜負雲祥最後的心意。

時光翩然溜走，又是三年歲月，陸海空行完冠禮，陸嵐便將他喚去書房。「海空，你知我素來信你，但是而今與朝廷戰事越烈，你行軍作戰又愛出險招……」

陸海空道：「叔父有話不妨直說。」

陸嵐沉默了一會兒，嘆氣道：「我一個大老爺們兒也不好與你多說，這些年我也催了好多次了，而今你都已行了冠禮，卻連個妾也未曾納過。我並不是強逼著你娶親，只是你好歹得為你爹娘留一個後，以慰他們泉下之靈。」

陸海空垂了眼眸不說話。

「我那義女陸馨的心思你可是還看不出來？她等了你這麼多年，都快等成老姑娘了。」陸嵐一聲嘆息。「我知你心中還惦記著誰，但那宋雲祥早已去了，這麼些年，你也該放下了。」

「叔父。」陸海空望著陸嵐一聲苦笑。「宋雲祥於陸海空而言並不是握於掌心之物，她纏在我的心血骨髓中，叔父如今讓我放下，可是要我剜心去骨，變成一個廢人嗎？」

陸嵐心頭微微一怒。「你這孩子！」

「陸海空從來就未擁有過宋雲祥，更沒有資格談該不該放下她。」言罷，他對陸嵐深深鞠了個躬。「叔父，對不住。那陸馨姑娘，您還是勸她另嫁他人吧。」

與陸嵐談罷，陸海空沒有回自己的房間，轉而行至雲祥曾住過的那個小院子。

這裡所有的擺設還是如以前一樣，半分也未動過，只是那人存在過的氣息已經消散得差不多了。陸海空靜靜地躺在床榻上，他蜷縮起身子，恍然記起他們一路北上的時候，他夜夜作惡夢，雲祥便拍著他的背，一遍又一遍地安慰他。

其實陸海空知道，她每天晚上都睡不好，他厭惡走不出惡夢的自己，心疼雲祥，然後又無法遏制地對她生出更多的依賴。

他對雲祥的感情，是男女之情，但又摻雜了許多男女之情以外的東西，那些東西，這輩子再沒有人可以替代。

一串帶著些許慌亂的腳步聲向小院而來。陸海空心中一緊，坐起身來，臉上的懈怠瞬間消失。

「吱呀」一聲，門被人推開，陸馨站在門外，往屋裡張望了一會兒，抬腳要走進來，陸海空冷聲喚住她：「站住。」

他下了床榻，行至陸馨面前。「有話出去說。」他不想讓任何事情破壞了這個屋子裡的靜謐。

陸馨紅了一雙眼，緊緊盯著他，向來溫順的她這次像是沒聽到陸海空的話一般，垂下頭問：「叔父說……你讓我另嫁他人。」

陸海空皺了眉頭。「出去說。」他抬腳欲走出小屋，卻被站在門口的陸馨一把拉住手。

「我可以不要名分，我只想待在你身邊，海空，你不要趕我走行不行？」

「別在這裡吵，雲祥會生氣。」

這一句話剎那揭開陸馨心口的傷疤，她抬頭望著陸海空，眼淚不斷地往外流。「為什麼又是宋雲祥！為什麼你到現在還恪守著她留給你的規矩！海空，你清醒一點，你仔細看看，你身邊再沒有宋雲祥了，她不在……她不在了……」話至最後，陸馨已泣不成聲，或許她心裡也知道，這一番話，根本撼動不了宋雲祥在陸海空心中的地位。

陸海空拉開陸馨握著他手腕的手，輕聲道：「雲祥從未留下什麼規矩給我，我也知道她已經不在了。」

「你為何還要執著！」陸馨掩面而泣。「你不喜歡我便也罷了，可為什麼……你要讓我敗給一個死人，多不甘心……」

其實，不甘心的又何止是陸馨，陸海空垂了眼眸。「在我的世界裡，從來沒有誰贏得過她。」

包括他自己。

塞外的春天來得晚，待荒草又添新綠時，塞北軍整裝待發，打算發動對天朝的全面進攻。陸海空披上將軍戰甲，在大軍出師之前，先獨自去了城郊的一個小坡，那裡有一座小院，院中無人，只有一座孤墳。

陸海空提了酒，在墳前靜靜站了一會兒，然後打開酒壺，將壺中清酒皆倒在墳頭上。「雲祥，我要去打仗了，這次若能回來，我必定提著那三皇子的頭顱，給妳做祭品。」

春日暖風柔和地吹拂而過，陸海空披散在肩頭的髮絲被風揚起，青絲夾雜著銀髮，他的頭髮已是一片斑駁的花白。

陸海空嘴角勾了起來，彷彿想到什麼美好的事情。「等我回來，我便日日在這小院中陪妳，一起看日出日落，一起飲酒，談天說地。妳看，我已經學會喝酒了。」

沒有人應和他，陸海空黯然垂眸。

城中號角吹響，是陸嵐在召集軍隊。

陸海空摸了摸石碑，然後放下空酒壺，轉身離開。

這一仗打了整整兩年，兩年時間，天朝全面潰敗，最後一戰，只剩禁軍孤守都城。令人震驚的是，帶兵頑抗，擋住塞北軍腳步的，竟然是當初那個人人都以為是傻子的三皇子。

軍營之中，陸嵐皺眉苦思。有一人坐於其左，髮絲蒼白，那人竟是只有二十二歲的陸海空。陸嵐抬頭問：「海空，可有法子快些攻下都城？」

陸海空笑了笑。「時至今日，叔父何用著急，塞北軍已將都城團團圍住，那裡只是一座死城，待城中彈盡糧絕之後，我們自是不戰而勝。」沒有人比陸海空更渴望勝利，也沒有人比他更能隱忍。多年夙願，今日得以了結，他希望看見對方更多慌亂的樣子。

忽然，營帳外戰鼓聲響起，陸海空與陸嵐對視一眼，心中起疑。請戰？就都城那副模樣？三皇子怕是瘋了吧。

「報！」小兵疾行至營帳中。「將軍，那三皇子忽然奏響戰鼓，說要見陸小將軍。」

難道是要請降？陸海空點了點頭，不動聲色地走出去，他緩步行至軍隊的最前沿，三十丈外便是都城城牆。在黑壓壓的軍士中，陸海空一頭銀髮顯得尤為醒目。

陸海空站定，忽聽城樓之上一人猖狂大笑起來。

「白髮將軍陸海空，久仰大名。」

陸海空沒理他，在他看來，那人已是敗軍之相。

三皇子笑道：「陸將軍久別不見，可還記得在下？當初你從我這裡帶走了我的妻子，我甚是想念了一些時候，而今終於能再見到髮妻，我們像當初那樣，再一起等著陸將軍可好？」

再見到髮妻……

陸海空眼眸一沉，忽見三皇子從他身後的人手裡接過一個東西。三皇子咧嘴一笑，將蓋在那東西上的紅布掀開，裡面竟是一副白骨！白骨的關節處被人用鋼釘穿了起來，不能來回活動，看起來尤為僵硬。

陸海空瞳孔緊縮。

三皇子繼續道：「從塞外將雲祥接回來可真不容易，她一身的皮肉都沒了，就剩下這麼一個東西。這些年，她在你們塞外過得不好呢。

啊……對了，你看她琵琶骨這兒的傷，下屬將她拾回來時，在她琵琶骨裡發現了這根針，這銀針可是當初她隨你走的時候我送給她的，一針穿骨，要了她的命。」

拳頭捏得死緊，陸海空盯著三皇子，顏如修羅。那個混帳竟敢……他竟敢！

看見陸海空這個樣子，三皇子彷彿極為高興，他將那副枯骨的手拉起來，笑道：「陸將軍還想不想看看雲祥給你打招呼的樣子？是這樣還是這樣？」他將那副白骨的手拉著來回擺動，可被鋼釘穿透的枯骨怎能擺出這些動作？只聽「咔」的一聲，枯骨的手臂被三皇子生生掰了下來。

「哎呀……不好意思，玩過了。」三皇子笑得毫無歉意。

陸海空再也遏制不住心頭的怒火，提氣縱身，竟是打算獨身衝上城樓！

「將軍不可！」

他身後的軍士欲制止，但陸海空已怒紅了眼，哪兒還聽得進去。

三皇子咧嘴一笑。「放箭。」

在他身邊的弓箭手早準備好了抹毒的箭，聽得命令，箭雨傾瀉而下，鋪天蓋地地向下方的陸海空射去。任是陸海空武功再好，也閃避不及中了兩箭，但他並未停下腳步，身上的傷像是不會痛一樣，血液中的毒素蔓延，陸海空死死壓住喉頭的腥氣。

這些算什麼……比起看見雲祥屍骨時的駭然，這些算什麼！

他沒護住雲祥，連她的屍骨也護不住……

「啊！」陸海空一聲大喝，施展輕功躍上城牆，眾人皆是大驚。三皇子也未曾料到此人武功如此剽悍，他往後退了兩步。

陸海空躲過旁邊一個軍士的大刀，殺氣激盪。他心中的怒與痛，只能用鮮血來祭奠！

城下塞北軍一時有些騷動，陸嵐披甲上馬，高聲而呼：「攻城！」戰爭一觸即發。

而此時城牆上的士兵已被陸海空清理了一大半，他渾身的血，分不清是別人的還是他自己的。他只直勾勾地盯著三皇子，任何前來擋路的人皆被他砍瓜切菜一般地解決掉。

「將雲祥還給我。」他面無表情地對躲在重重保護中的三皇子伸出手。

眾禁衛躁動，看見這人渾身插滿毒箭，還踏著堅定的步子步步向前。他就像是一個不知痛、不怕死的怪物，光憑一身殺氣便能嚇住人。

其實，陸海空只是看不見別的東西罷了，他只有一隻眼，而那隻眼一旦裝進了宋雲祥，便再也裝不進別的東西了。

三皇子看著陸海空，忽然詭異一笑。「你要她？好啊，給你。」言罷，他將雲祥的屍骨當作破布一般，隨手一扔，扔向城樓之下，而那裡千軍萬馬正在廝殺，白骨在戰士們的踩踏之中化為碎片。

陸海空怔了一怔，神色有一瞬的茫然，待再抬頭時，眼中已是一片令人膽顫的肅殺。

最後一戰，陸海空砍下了三皇子的頭，將城牆之上殺作一片修羅場。

最後一戰，陸海空身中二十九箭，毒深入心。他被人救回之後，在床上整整躺了一個月時間才清醒過來，而他醒過來時，看見陸嵐的臉，只說了一句話——

「還救我做什麼呢……」

這個世界所有的事好像都與他再無關係。仇報了，敵人沒了，雲祥也沒了。他面對的，將是夜夜惡夢的生活，一次又一次看見雲祥消失在他的視線裡。

還救他做什麼呢……

陸嵐做了新的皇帝，江山易主。陸海空隻身歸塞北，他沒有帶回三皇子的頭，因為雲祥已經不在那裡了。

五年後。

城郊外的小院，陸海空今日精神突然好了起來。他握了一杯酒，行至院中墳前，倒在墳頭上。他一頭髮絲如霜雪般，替他的臉色染上些許蒼白。

他知道雲祥不在這裡了，五年前他回到這裡的時候，這墳被挖得一團亂，只留下一個大土坑。陸海空又將它填了回去，做一個念想。

雲祥不在這裡，他又該去哪裡呢？

陸海空垂下頭，神色難辨。

回到屋中靜靜躺下，陸海空恍然記起很久之前，那時候雲祥和他都還小，他們一個是相府的小姐，一個是將軍的公子。雲祥做錯了事被罰跪在宗祠，他便跑去陪她，在她腿上睡了一晚。第二天醒來的時候，看見雲祥在他頭頂一邊流口水，一邊咂著嘴巴，說：「陸海空……笨蛋……」

她在夢裡都看見他了呢，多好。

陸海空閉上眼，彷彿又聽見雲祥在他頭頂輕聲地罵：「陸海空，笨蛋。」

那時，陽光明媚而柔和，他們青梅竹馬……

七時吉祥

番外二　紫輝

晨靄之中，紫藤花下，青衣女子靜望如瀑紫藤，笑容恬靜。

「妳是誰？」

「我叫錦蘿。你又是誰？」

「我是……紫輝……」

誰？

午夜夢迴，小和尚驀地睜開雙眼，神色空茫。窗外皎潔月色透過紙窗灑進屋來，映得小和尚一張臉有些許蒼白。他翻了個身，往被子裡縮了縮。

又作那個夢了，還是那個女子，每次醒來他都記不得她的名字和模樣，但心底總有一股莫名熟稔的感覺，就好像他認識她一樣。

「嗯……無念，你又作夢了？」通鋪睡在旁邊的師兄嘟囔道：「別扯我被子。」

無念低低應了一聲：「對不起，師兄。」

他自幼便有亂作夢的毛病，睡覺總是不踏實，有時甚至會突然大叫著哭醒，家裡人認為他著了魔，自小便把他送到山中寺廟中來託養著。

每天誦唸佛法之後，他這毛病確實好了不少，但偶爾還是會半夜驚醒，記不得夢中事物，只餘內心一片空茫。

清晨，做完早課之後，方丈將無念喚了去，吩咐他以後住去後山，助年老的空道和尚打理後山。無念乖乖應了，下午收拾了東西便去了後山。後山的禪舍外有一棵巨大的紫藤樹，是哪位前人栽下的已不可考。空道和尚已經年邁，做不得事了，打理後山的事便全權交給無念。

無念得了這差事，卻不如往日般誠心做事，總是望著紫藤便失了神，為此不知挨了多少批。年復一年，他守著紫藤花開花落，不知不覺已看了十載光陰。空道和尚圓寂，他便一人在後山住下來，他從一個小和尚慢慢變成了一個大和尚。

是日，風和日麗，紫藤花開得正好，一串串花如瀑布般傾瀉而下，在陽光的照射下，映得整個院子都是如夢似幻的紫色。

無念如往常一般，拿著掃帚仰頭望著紫藤樹，呆呆失神，忽聽一聲女子驚豔的讚嘆——

「好漂亮的紫藤花！」

無念轉頭一看，一身鵝黃紗衣的女子從前山那邊行來，立在離紫藤樹不遠的地方，仰頭望著紫藤，張開的嘴驚嘆得忘了闔上。女子呆了好一會兒，才看見一邊的無念，她神情又是一怔，驚嘆道：「好漂亮的和尚！」

無念垂下眼眸，轉過身，開始慢慢打掃起來。

那女子捂住嘴，彷彿知道自己這些話有些唐突了，她臉一紅，忙解釋：「對不住、對不住，大師你別介意，我不是有意輕薄你的……我就是嘴快。」

既然對方都這樣說了，無念也不好再計較什麼，他躬身道：「阿彌陀佛，施主請自便。」

女子撓頭笑了笑。「你別怪我唐突就好。」女子話音未落，忽見方丈自前山小道走來。

「女施主走得快，可教老衲跟得吃力。」

女子吐了吐舌頭。方丈轉頭看見無念，又吩咐：「正好無念也在，這位是山下施府的小姐，她身子不好，要上山來住一些日子，後山清靜，無念日後好好照顧施小姐。」

無念一怔，還沒找到拒絕的理由，便聽女子爽朗一笑道：「無念大師，小女子施倩，以後要託大師照顧了。」

張了張嘴，無念卻不知該說什麼話。

施倩住進來以後，無念望著紫藤樹發呆的時間便越來越少了。這個性格爽朗又愛笑的姑娘總會出很多狀況讓他無奈，總會說很多話讓他啞口無言，總會做很多事令他哭笑不得。

每天白日裡，清靜的後山總能被她鬧得雞飛狗跳，無念白日裡疲憊不已，晚上一沾枕頭，閉眼就睡，也沒時間再去作以前那樣的夢。

日復一日，他逐漸習慣了施倩在他身邊的吵鬧，看著她的時候再也看不進別的東西。

紫藤花在他們身邊開敗了一個輪迴，待得一日，施倩被施府中人接下山去為她爹祝壽，無念的眼中才又看見了那瀑布一般的紫藤。

青天白日裡，他腦海裡忽地閃過一個情景，青衣女子站在紫藤樹下，神色恬靜，她的側臉美得讓人不敢觸碰。

「我叫錦蘿……」

她輕輕說著，然後垂下了眼眸，脣角掛著笑，但眼角彷彿要落下淚來。

「你還記得我嗎……」

清風拂過，紫藤花瓣簌簌而下落了一地，無念恍然回神，而臉頰已是溼涼一片。

「咦……」無念微怔，指尖輕輕觸碰從眼角滑下來的水滴。他為什麼會落淚呢？

這一夜，施倩沒有回到山上來，無念懷揣著幾分憂心緩緩入睡。

他又作了久違的夢，夢中青衣女子的喜怒哀樂都如此真實地在他腦海裡呈現，她手心的溫度、嘴唇的味道、眉眼的明媚。她一遍一遍地喚著「紫輝」這個名字，一遍一遍地說：「我等你。」

他看見她在一方石室中傾盡所有，枯等了一生。他覺得，這個女子對他來說是重要的，甚至是最重要的存在……

但是夢醒之後，只有施倩坐在他的床邊，哭紅了眼，而無念，再記不得夢中所念。

他抬起手，摸了摸施倩的頭，為她的難過而感到隱隱心疼。「怎麼了？」他的聲音中藏著的全是對施倩的疼惜。

「我……昨日我回施府，我爹說……」施倩眼淚止不住地往下掉。

「我爹說，他為我許了人家，他……讓我嫁人。」

無念一怔。施倩彷彿忍不住了一般，一把撲上前，抱住無念的脖子。「我喜歡你！我只喜歡無念！我不要嫁給別人！我只喜歡你！」

禪舍外的紫藤花影搖動，他耳邊彷彿被另一個女子吐出的言語侵占，那人說：「紫輝，我喜歡你。」

她說：「紫輝，我們成親好不好？」

她說：「以後，我一直陪著你，做你的妻子。」

這一瞬間，他忽然有推開施倩的衝動，忽然覺得心頭有一股莫名的愧疚在纏繞，忽然想起……他是不是忘了什麼很重要的事？

施倩沒得到他的安慰，她放開他，有些怯怯地望著他。「無念……你生氣了嗎？我知道你是出家人，可是這麼多日子以來，我以為你……」她聲音漸小，帶了難掩的委屈：「我以為，你也是喜歡我的。」

這一句話讓無念回過神來，他望著施倩委屈的臉龐，那些莫名的念頭和從來不曾存在過的回憶便如煙一般消散。剩下的只是這一載時光，施倩在他身邊日日陪伴，他們之間有著真實的溫馨與不敢戳破的曖昧。

無念眨了眨眼，琢磨了一會兒，無奈笑道：「我約莫，也是喜歡妳的。」

施倩眼眸一亮。

一年的時光，朝夕相處，施倩本就是一個令人心動的女子，無念再是無念，也終究動了凡念。他一聲嘆息。「那我們，現在是不是應該準備私奔呢？」

他想，這個女子，值得他放棄所有去保護。

施倩一愣，立即點頭。

背負行囊，無念牽著施倩的手沿著後山下山的小路而去。臨走之時，無念回首一望，恍惚之間，他似見，紫藤樹下立了一個青衣女子，她望著他，脣角的弧度苦澀而溫和。

無念腳步一頓，見她脣角動了動，她彷彿在說：「後會無期。」

他微怔，心頭莫名一痛，一眨眼，大風忽起，紫藤花瓣漫天飛舞。

施倩轉頭，困惑地望著無念。「無念？」

無念愣了愣，搖了搖頭，繼續往山下行去，他道：「下了山，妳幫我取個名字吧，我不能再叫無念了。」

施倩眨著眼，琢磨了一會兒，忽然笑開了。「哦，是說你心裡有我了嗎？是說從此以後你都不可能再清心寡欲了嗎？這樣真好！你放心，下山之後我一定幫你取個極好聽的名字……」

無念抿唇微笑，不置可否。

或許深入靈魂的刻骨思念也敵不過日日相伴的溫暖情誼，就如同凡夫俗子終究敵不過心裡的空虛那樣，誰不會在懦弱的時候選擇一個能讓他感到溫暖的港灣？

即便那裡……本來不是他想去的地方。

再如何期許他無情無念，他終究不過是一個凡人。

腳步聲與人聲漸遠，清風過，只留一地殘花還待來年。

七時吉祥

番外三　小祥子

（一）領賞

初空回來之後第一個見了小祥子，緊接著兩人便被玉帝派來的使者拉去了凌霄殿。

小祥子與初空這人間地府七世遊解決了一個危害蒼生的墮仙，自我消化了兩個天界的大齡未婚青年，附帶著給各界人士帶去不少歡樂，玉帝一琢磨，拍桌子決定道：「嗯，得賞。」

於是兩人齊齊站在殿前，聽了賞。初空官復原職，漲俸祿五兩銀，賜宅院一座，配僕從四名。小祥子從月老仙童升職為扶緣仙使，仍在月老殿工作，助月老梳理紅線，每月俸祿五兩銀。

「另外……」玉帝摸了摸鬍子。「你們倆準備什麼時候把事辦了？」

小祥子沉浸在每月五兩銀俸祿的喜悅之中，全然聽不見外界言語。

初空毫不猶豫地答：「盡快。」

玉帝滿意地捋了捋鬍子。「你們這婚禮應當大大操辦一場。」

初空領著小祥子離開凌霄殿，隔了老遠，忽聽殿中玉帝猖狂大笑的聲音在眾卿家的哀嘆之中格外醒耳——

「我就說這兩個二貨會在一起！來來，賠錢、賠錢！」

初空當作未曾聽聞，猶自牽著小祥子的手悠然地一步一步走下凌霄殿前的階梯。

小祥子一直捂嘴竊笑。「我也是有俸祿的人了，我也是有俸祿的人了。」

比起小祥子此刻單純的喜悅，初空才歷劫飛昇，回憶起過往種種，心中是百般滋味雜陳，還沒來得及理清心中情緒，一個陰影忽然籠罩了兩人。

他們抬頭一看，托塔李天王威武雄壯的身軀站在他倆跟前，一張臉藏在大鬍子之中，眼神沉凝難辨。

初空直覺李天王此時是憤怒的，忽見一隻白蔥一樣的手「啪」地拍上李天王的肚子，小祥子笑得猖狂而沒節操。

「大鬍子李，想當初你說要讓我過小媳婦追相公的日子，你倒瞧瞧這是誰追誰啊！這七世你算準了哪怕一世沒有啊？」

這番話說得初空青了臉，李天王也顫抖了鬍子。

小祥子拽了初空的胳膊。「我倆有事，先走一步啦。」

走了一會兒，小祥子扭頭看見初空臉色不好，心底一琢磨，眼珠一轉，道：「你是不想承認你追了我七世這個事實嗎？」

初空倏地笑了。「認，為什麼不認？妳左右已是我囊中之物，過去還重要嗎？只要以後妳鬥不過我就是了。」

小祥子挑眉。「你要鬥一鬥試試嗎？」

初空轉頭看小祥子，伸手掐了她的臉，陰惻惻地笑開了。「不急，我們來日方長。」

（二）成親

小祥子與初空成親當晚，天界一半的神仙都喝醉了，許久沒有這樣的喜事，大家都狠狠狂歡宣洩了一番。

初空進了洞房，看見他的新婚妻子安安靜靜坐在床邊，心頭難耐地動了一動。這樣安靜的小祥子，實在是太難得一見了。

他在小祥子跟前站了許久，小祥子也不著急，靜靜等著他掀起她的紅蓋頭。

由於小祥子實在太安靜了，初空幾乎不忍心打破這一時的靜謐。但不揭蓋頭沒法辦事……初空一琢磨，還是將小祥子的蓋頭挑開，然後……表情登時變得僵硬起來。

他的新娘在紅蓋頭之下吃了一嘴的油。初空一聲嘆息。「我就知道太安靜了絕對不是什麼好事……」

小祥子委屈地看了初空一眼，嘟囔道：「這個婚結得可真不平等，你在外面吃吃喝喝，我要在裡面餓肚子，我餓得不行了才去拿東西吃的。要不，下次咱們結婚的時候換一換，我去外面招呼他們，你在裡面等著？我可看見好多美酒……」

初空揉了揉額上跳起來的青筋。「這事最好不要有下次！」

小祥子一抹油嘴，心滿意足地摸了摸肚子道：「吃飽了才好辦事嘛。」

初空臉一紅，扭過頭去。「都……吃什麼了？」

小祥子掰著手指頭挨個數起來，初空盯了她半晌，見她還在不停地數，他一聲嘆息，撓了撓頭，然後心一狠，一把抓住小祥子的下巴，瞇眼一笑：「知道妳笨，我親自來嘗嘗。」

「咦……」

兩脣相接，他的舌尖輕輕觸碰了小祥子的脣，然後深入進去。沒糾纏多久，初空便放開了她。

小祥子好奇道：「你嘗出我吃了什麼東西嗎？」

初空神情嚴肅。「沒有，我還要更仔細一點。」

然後他用一整晚的時間非常仔細地去探索了……

翌日清晨，小祥子醒來，非常執著地問：「最後，你嘗出來我昨天吃了什麼嗎？」

初空伸手將她抱進懷裡，按住，堅定地答：「我。」

（三）觀星

二貨倆搬進了玉帝賜的宅院之中，過著幸福快樂中夾雜著一點兒雞飛狗跳的生活。他們把鹿馬獸接到天界，說是當坐騎，其實是當寵物一樣養著。

這日傍晚，鶯時來找了初空。「初空哥哥，我們去看星星吧。」

初空一琢磨，點頭。「嗯，好。」然後回頭喚道：「小祥子，去觀星臺看星星。」

這時小祥子正在替鹿馬獸刷毛，聽到這話，拍了拍鹿馬獸的腦袋問：「晚上去不去看星星？」鹿馬獸哼哧哼哧點頭，於是小祥子又道：「等刷完毛就去。」

待初空將這話轉告給鶯時，鶯時笑了笑道：「那邊還有人等著我呢，我先走了。」

然而等晚上他們兩人到了觀星臺之後，卻沒有看見鶯時和「另一個人」的身影。小祥子撓了撓頭。「他們難道不是在這裡看星星？」

初空往地上一坐，望著星空道：「沒人正好，清淨。」

小祥子便也坐了下來，忽然想起什麼似地道：「啊，看見星星我突然想起來了，前兩天忘了和你說，我懷孕了唷。」

初空淡然地點了點頭，然後渾身一僵。「啥……」

「我懷孕了。」

初空的嘴角慢慢掉了下來。「男的女的？」

「我怎麼知道？」

七時吉祥

番外四　醉酒之後

關於小祥子是什麼時候懷孕的，初空思索了許久才想起來，大概是在那天……

那天蟠桃宴上，珍釀司說他們一個酒娘最近釀出了一種能提升修為的新酒，味道極甜，甚是好喝，特在蟠桃宴上拿出來讓大家嘗嘗。

天帝准了，酒便發下來讓大家一一嘗了。當時小祥子正和幾個仙子鬥酒，多喝了幾壺，待初空發現時，小祥子已經喝醉了。初空扛她回去的時候，小祥子手腳都開始哆嗦。

初空氣得沒法，又捨不得打她，嘀嘀咕咕抱怨了一路。「修了這麼多年仙法，就不能有點長進？喝這麼點兒酒就醉成這副德行，妳歲數都長給鹿馬獸吃了吧！要沒小爺在，我看妳怎麼哭著爬回去……」

小祥子便大著舌頭罵他。「吵吵吵……吵死了！怎麼跟個娘兒們似的！你……你……你變成公主空後，就一直沒走出角色吧！我可算看出來了，你就是個小媳婦，李天王的命格半點也沒寫錯，你就該追著我……嗝……追著我跑。」

初空氣得嘴角都在抽，忍了又忍，終是拚著此生最大的耐性將火氣忍了下去。「小爺明天等妳醒了再和妳算帳。」

一路背著亂踢亂打的小祥子回了家，剛把她扔床上，初空扭身要去倒杯水喝，忽覺衣袖一緊，是小祥子坐起來將他拽住了。

她一張臉醉得紅紅的，蝴蝶翅膀一樣的睫毛忽閃忽閃地眨巴兩下，水汪汪的眼眸看得初空情不自禁嚥了口口水。「幹麼？」他虎著臉問。

「師父……」

讓人意外的是，小祥子竟然吐出這麼一個稱呼，熟悉又陌生的感覺讓初空一愣。還未等他反應過來，小祥子倏的一聲大喊：「呔！我叫你一聲師父！你敢應不敢應！」

初空登時嫌棄地扯開小祥子的手，把她的鞋扒了扔一邊，幾乎是強迫著將她按進被窩裡。「老實睡妳的，學什麼瘋猴子。」

小祥子不依不撓地掙扎，泥鰍一般從被窩裡鑽出來將初空的手抱住，淚汪汪地看他。「師父……你這是要捂死我嗎？你想捂死我，再去找個新徒弟是不是！人家好傷心，嚶嚶嚶！」

「妳亂說什麼混話。」初空扒開她的手。「妳要記得妳現在說的話，明天早上醒來，妳絕對第一個抽死自己，趕緊睡。」

初空可是記得，小祥子最不願意提的，就是她痴痴傻傻被他逗弄的那一世。對小祥子來說，那簡直是她畢生的恥辱，雖然……初空是覺得挺好玩的……

初空剛將小祥子扒開，她又鍥而不捨地貼上來，連兩條腿都招呼上了，如同章魚一般往他身上貼。「不要、不要，小祥要和師父一起睡。」

初空揉了揉額頭，轉頭看了一眼進屋時被小祥子踢翻的桌椅几案，又看了看小祥子希冀地望著他的眼睛，初空一聲嘆息。「好好好，一起睡。」

大概是因為小祥子平日裡甚少用這副模樣對他撒嬌，所以一撒嬌，他就完全……

把持不住了。

初空脫了鞋，掀開被窩鑽進去，他摸了摸小祥子的腦袋。「睡吧。」手掌在小祥子背後輕輕拍了幾下。他今晚也喝了點酒，剛醞釀出了些許睡意，忽然之間，大腿上狠狠挨了一腳踹。

「嘶！」初空倒抽一口冷氣，還沒坐起來，便又有一腳踹在他身上，直將他踹下床。

憤怒地將一起滾下來的被子掀開，初空怒視床上的小祥子。「妳還要發什麼酒瘋！」

小祥子坐在床上，揪著自己的衣領，做一副貞潔烈婦的模樣，皺著眉頭，痛心疾首地盯著他道：「陸海空，枉我不計前嫌這麼寬容大度、掏心掏肺地對你好，你居然趁夜深人靜的時候要強占了我！」

初空感覺自己額上的青筋跳得極歡。「妳大爺的在玩角色扮演啊……」

小祥子不理他，只捂著自己胸口道：「我……好吧，我承認我也對你動了點兒不可言說的心思，但咱倆是不能在一起的！我們更不能做這樣的事！」小祥子咬牙。「我們是仇人啊，不管從任何意義上來說，我們都是……仇人啊！」

「仇什麼人！」初空撿了被子抖了抖灰。「百八十年前的事情妳現在講起來也不覺得臊得慌，少在那兒裝烈婦，今晚還想安生睡覺的話妳就給我乖一點兒！別逼小爺我動手！」

小祥子往角落裡縮了縮。「陸海空，你當真是鐵了心，要……」她咬著下唇，咬得初空在一旁看得握緊拳頭。小祥子最後深吸一口氣，鬆開了握著領口的手，略帶蒼涼地一笑。「好吧，如果是這樣，那我也沒辦法，誰讓我也對你……就當，我們一夜放縱吧……」

初空毫不客氣地拿被子甩了她一臉。

「和這種模樣的妳一夜放縱，我脊背都在發涼好嗎！」初空再次將她按平擺好，理了被子，在她身體周圍掖好。「這是我最後一次好聲好氣和妳說，好好睡啊，再鬧騰我就不客氣了！」

小祥子睜著眼，目不轉睛、含情脈脈地盯著他。初空被盯得寒毛都立起來了，雙手將她兩隻眼皮扯下來，強迫她睡覺。

見小祥子眼珠子不轉了，初空才放開手，觀察了一會兒，然後鬆了口氣。

正當他要去吹蠟燭時，床上忽然「嗷」的一聲仰天大叫，駭得初空心頭一跳。

「什……」

話音尚未落，他便被人大力撲倒在床上，小祥子按著他的肩，坐在他肚子上，虎視眈眈地盯著他。

初空嘴角抽個不停。「這次又是什麼？老虎祥？嗯？好玩嗎？」

小祥子邪邪一笑。「我知道你喜歡我。可你這個傢伙，就是嘴硬。」

她伸出手指戳了戳初空的鼻尖。「我就喜歡你嘴硬的樣子。」言罷，她一口親在初空的鼻尖上，然後慢慢往下挪，吻上他的嘴唇。

即便做過了更親密的事，可小祥子每次對他做這樣的舉動仍然能擾亂他的心神。他心跳快了一瞬，然後聽見小祥子在他唇上打了個酒嗝，刺鼻的酒氣竄進初空鼻子裡，初空差點沒背過氣去。他狠狠地把小祥子推開。「老實點！就妳這德行還想著勾引人！」

「就我這德行……」小祥子又打了一個嗝。「還不是照樣把你勾得魂牽夢縈了。」

初空咬牙，心裡恨出了幾缸子血來。「對啊，我是眼瞎到什麼程度才被妳勾引了啊……」

「你這個磨人的小妖精……」小祥子捏了捏初空的臉。「虎祥我要一口一口把你，吃乾抹淨。」說著，她舔了舔嘴脣。

初空逕直將她掀開。「妳病得不輕。」他剛想弄個法術將小祥子好好綁在床上，卻一個沒留神又被小祥子抱住了腰。

「初……初……初……初空……」她忽然道：「我……我胸口痛！」說著，她捂住胸口，像是當真痛得喘不過氣來了似的。

初空心頭一緊，心道莫不是珍釀司那兒拿的新酒有問題？畢竟小祥子此前喝酒可從沒醉成這個樣子過。想到這種可能，初空立時有點緊張了。「哪兒痛？」

「胸口。」小祥子捂著胸口，痛得一抽一抽的。

初空眉頭緊蹙。「我帶妳去司藥天君那裡看看。」

小祥子忙不迭地點頭，等初空將她抱出屋子，在路上走了一大段的時候，小祥子忽然道：「等不了了！」

初空一驚：「什麼？」

小祥子哭道：「我這裡插了把刀！你快幫我拔出來！」初空看了看她平坦的胸膛，額上青筋直跳，他拚命忍耐。「原來……妳是在玩將軍祥的設定啊……」

小祥子根本聽不進他的話，號啕大哭道：「我要死了啊，負心漢！你都不給我拔刀！這麼大把刀！」

初空直想給她兩刀，捅死了安寧。

「我就知道你是個靠不住的！你不拔，我自己拔！」說著，小祥子揪住自己的衣領，作勢就要扒開。

初空又是驚又是怒，連忙將她整個人抱進懷裡，不讓她再胡亂動作。

「大庭廣眾的！妳敢扒了衣服試試！」

他罵完，卻沒有聽到回答，稍稍放鬆了一看，小祥子已經在他懷裡垂下了腦袋。

初空蹙眉。「喂……」

「別吵。」小祥沒好氣道。

「又怎麼了……」

小祥子睜開一隻眼，斜視他。「我死了呀！」她道：「我胸膛插著刀，你這麼一抱，一頂，刀就穿……穿胸而過了，嗝……我死了。」她閉上眼，再次垂下了腦袋。「你讓我好好死。」

說完，她再沒了動作。

初空簡直不知道此時的自己該做什麼樣的表情。

在原地僵硬地站了一會兒，他終是無奈一嘆，認命地背上小祥子，一步一步往家裡走。

小祥子腦袋搭在初空的肩上，隨著他走路的頻率一下一下地點著，他們身後的祥雲道路便在他們走過之後升騰跳躍，就像是小祥子身後的尾巴，一翹一翹地，繚繞出美麗的煙波。

初空聽著耳邊哼哧哼哧的呼吸聲，不由得又是一嘆。「怎麼就偏偏找上了妳。不省心……」

小祥子腦袋搭在初空耳朵邊，嘀咕道：「找上我，是你的……福氣。」

初空半晌沒答話。天界夜晚極靜，走了很長一段路，一聲嘆息伴隨著一聲感慨，彷彿是從星星上掉下來的聲音一般。

「我知道。」

小祥子便蹭了蹭他的臉，道：「找上你，也是我的……福氣……」

腳步未停，初空一直靜靜地向前走著，只是在夜色當中，不經意勾起脣角。

是啊，他知道。

遇見值得攜手走過漫長歲月的人，是他們彼此的福氣。

她是他此生唯一，願傾盡所有來對待的人。

將睡死的小祥子扔到床上，初空揉了揉肩膀，自言自語道：「以後妳別想再喝這麼多酒。」

手掌又被抓住，初空幾乎是下意識地就開始暴躁了。「妳不是死了嗎！」

「初空。」小祥子睜著眼睛看他，一雙眼眸如點漆般亮，晃眼一看，與平時神志清醒的時候幾乎沒什麼區別，她道：「你知道咱們第五世，如果沒去尋石頭，本來該是個什麼身分安排嗎？」

這話倒是讓初空愣了愣，他一挑眉頭。「我怎麼知道？」

「我知道。來。」小祥子對他勾了勾手指。「我去悄悄翻過大鬍子李給咱倆寫的命格本子。」

初空忍不住心底該死的好奇，終是微微彎了腰低下頭去。小祥子的手臂便纏住他的脖子，和他咬耳朵說：「第五世，我是一個刁蠻公主，我超喜歡哭。你……」她咯咯一笑。「你是我公主府的大管家。我一哭，你就什麼都答應我了。」

「大鬍子李會寫這種命格？」初空一萬個不信。

「會啊。」小祥子道：「要不，咱們試試。」

初空心頭陡然一涼，「試什麼」這三個字還沒說出口，便見小祥子將他臉掰正，四目相對，然後小祥子眼睛裡的淚水便開始積聚。

「要抱抱。」

初空喉頭一梗。

「要抱抱。」

「別鬧。」初空試圖推開她。「這一屋子亂，我還要收拾呢！」

「不依！」小祥子將他脖子一圈，號啕大哭。「要抱嗚嗚哇！」

初空額上冷汗都下來了。「抱！抱！我抱！」

雙手抱住，小祥子破涕為笑，又道：「要親親。」

初空簡直整個人都不好了。「改天成不，妳醉成這——」

號啕大哭在耳邊響起，初空跳了滿頭的青筋。「親！親！我親！別哭了！」

「還要。」

「還要……」

於是，大概是在那晚，小祥子就懷孕了。

初空第二日怒氣沖沖去尋了珍釀司，結果發現，好多仙君都堵在珍釀司的門口，讓他們給個說法。珍釀司將釀了闖禍的新酒的酒娘尋出來，大家一看，竟是個才十六、七歲的小姑娘，登時便不好再說什麼。

小酒娘嚇得一雙眼睛通紅通紅的，聲音弱弱地不停給各家仙君道歉。眾人只將她提了到天帝那裡去領罰，最後聽聞小酒娘被罰去北方大荒地面壁思過了。

這些都與初空沒多大關係了，他摸了摸身邊睡熟了的人的肚子。他和小祥子以後的日子還長，他只希望，在看不見的未來裡，他與她都還能像現在這般安寧幸福，即便生活會出現雞飛狗跳的小插曲，也永遠不影響和諧美好的大旋律。

七時吉祥

番外五

鹿馬獸

初空最近有點心緒難安，這日夜裡一人在院裡坐了許久。小祥子都睡了一覺起來了，也沒見初空進來。

她披上衣裳推門出去，看見初空的指尖在石桌上輕輕敲動，她走過去在他身旁坐下。「半夜三更的不睡覺，在琢磨什麼呢？」

初空下意識地伸手扶了她一把，看見小祥子挺得老高的肚子，他不由得皺了眉，卻也沒說話。

小祥子瞇起眼打量他許久。「我說初空，你做這副表情，莫不是在我懷孕的時候出去偷了腥吧！」

初空嘴角一抽，揉了揉太陽穴，忽又聽小祥子驚呼道：「你果然背叛了我！好啊負心漢！」

初空沒好氣道：「啊！是！沒錯！小爺我就是去偷腥了，妳要怎樣！」

小祥子一改方才驚慌失色的表情，撇了撇嘴，淡定道：「那我也去找一個好了。」

「妳敢！」初空氣得拍桌子，一轉頭看見小祥子笑吟吟的臉，他心裡的火氣登時也散沒了，只擺了擺手道：「去去，自己回屋睡去，挺著這麼大肚子也不知道照顧自己。」提到這話，他好似無奈極了地一嘆。

小祥子不動，望了他許久。「你到底在愁什麼，說出來讓我開心開心唄。」

初空瞥了她一眼，又瞥了她肚子一眼，知道她脾氣倔，得不到結果是肯定不會善罷甘休的。他轉頭望天，道：「若我日子沒算錯，飛昇上仙的劫數應該快到了。」

小祥子這才一驚。「這麼快？」

「嗯，九九八十一道天雷定要比先前成仙那次厲害許多，我定是不能待在屋裡的。」

小祥子沉默許久，正色道：「你是怕自己被劈成炭了，回頭我和孩子不認你嗎？沒關係，這點兒良心我還是有的，你放心。再醜我和孩子也不嫌棄你。」

初空拿指頭戳她腦門。「妳能不能認真點！」

小祥子清了清嗓子，正經道：「我當真不會嫌棄你。」

初空無奈了。「妳走開好嗎……」

小祥子撇嘴。逗了這麼久也不見初空笑一笑，看來他心裡是真在發愁。作為一個賢妻良母，她自然是會隨時隨地轉換狀態的，當即便收斂了玩笑的姿態，道：「九九八十一道天雷固然厲害，但也不值得你這般憂心吧。大鬍子李先前與咱倆喝酒的時候，不就承諾過他會幫你嗎？他雖然喜好奇怪了點，但作為一個武將，他的功力還是可以的，你別擔心。」

「誰說小爺在擔心天劫。」初空極為不屑地看了小祥子一眼，輕輕戳了戳她繃緊的肚皮。「我擔心這孩子和他娘！」他沒好氣道：「還有十幾日便要生了吧，沒人提醒著，整天還跟個瘋丫頭一樣到處亂竄，真當自己和肚裡的孩子有千萬條命不成！到時候生產，我不在，若是出……」他話音一頓，彷彿有幾分懼怕。「有了意外可該如何是好。」

面對指責，小祥子總是勇於狡辯。「我身體超級棒，孩子在肚子裡也乖得很，完全不用操心；而且我是祥雲仙子啊，我的孩子定然也是具有祥雲的屬性，待得生產的時候必定順順暢暢，『噗』的一聲就出來了。」

她說得生動，那「噗」的一聲短促而強勁的氣流噴在初空臉上，初空揉著額頭道：「妳把自己的小孩都當成什麼了……可以負責一點嗎？」

「怎麼不負責了？你可是忘了，咱們歷七世情劫的時候，其中有一世就是你做了公主懷了孕啊，我可是照顧過孕婦的，放心、放心。」

就因為那樣的「照顧」，所以他才加倍擔心啊……

初空又是一嘆，轉眼望著小祥子，最後只得抓了她的手，將她往懷裡一攬。「今晚先睡吧，到時候再說。」

初空離開的時候，替小祥子請來了六個仙子，有精通醫術的，有善於安慰人的，有遇事不亂的。眾仙都笑初空神君小題大做，在天界生個孩子還能出人命不成？這麼緊張，看來是當真心疼老婆的。

初空那樣的性子被眾人笑了竟也沒有生氣，只再三囑咐拜託，讓她們一定將小祥子看好，別讓她又惹出什麼么蛾子來。那架勢好似恨不得拿根繩子將小祥子綁在床上，直到她生產完了才放人。

眾仙只笑笑地讓初空趕快去歷劫，平安回來才能當爹。然而在初空離開五日後，小祥子忽然陣痛起來，算算日子竟是提前了好幾天，不過好在屋裡東西都齊全，仙人們也在。

本以為孩子雖提前了一點，出生應是沒問題的，但哪兒想，小祥子那腹中竟有兩個孩子！生完第一個便止不住地出血，小祥子筋疲力盡，第二個孩子怎麼也出不來，仙子們都急壞了。

此時忽然有人道：「天乾神君那處有千年寒玉蓮子，那東西止血奇快且補血補氣，此時若能有一顆，定能保住小祥子母子！」

眾仙皆是一怔，房間裡倏地靜默下來，除了偶爾呻吟兩聲的小祥子，六人皆不開口了。天乾神君的脾氣大家都是知道的，不近人情不說，貿然拜訪，若正撞上神君心情不好的時候，指不定還討得一頓打。

小祥子雖然累極，但意識還是在的，見她們這樣，登時氣得拍床。「我去！抬我去！他要是不救我，我就死在他門前，淌他一地血和腸！」

「使不得！」眾仙人忙將她按住。

正慌亂之際，大門猛地被頂開。一隻似鹿似馬的妖怪立在門口，牠頭上一隻肉角因為大力撞了門，左右晃動了許久才停下。牠叫了一聲，發現沒人懂牠，急得直撅蹄子，在原地轉了幾個圈。牠忽然渾身一抖，只聽「砰」的一聲，竟瞬間化為一個五、六歲小女孩的模樣，穿著一身棕黑色的衣裳，看起來髒兮兮的，但聲音卻脆極了——

「我去！」她說：「我幫……去取。神君住哪兒？」

小祥子虛弱地轉頭看她，兩眼一凸，便在這樣的情況下一邊喘一邊道：「我……我操，鹿馬獸居然是個姑娘！」牠明明邋遢得跟摳腳大漢一樣好嗎！

小祥子在意的東西向來奇怪，這時仙子們也沒空理她，有人替鹿馬獸指路道：「就在凌霄殿東南邊上，一座青瓦院子。天乾神君脾氣不好，妳一定要好好求啊！」

沒再多言，鹿馬獸轉身踏雲而走。

待得行至那青瓦院子門前，鹿馬獸著急地敲木門，裡面卻一直沒人應聲。天乾神君喜愛幽靜，其喪心病狂是天界出了名的，有他在的地方，最好是半點雜音也不要有，現在鹿馬獸敲出了這麼大的動靜卻沒人來應，想來是主人不在。

鹿馬獸急得在原地直轉圈，頭上拇指長的那根肉角像觸角一樣不停動彈，正慌亂之際，忽聽一個男聲從頭頂傳來。

「在本君門前做甚？」聲音沙啞淡漠，沒有半分溫度。

鹿馬獸抬頭一看，白衣仙人披散著頭髮輕輕落在她身旁，只淡淡瞥了她一眼，也沒聽她答話，便推門進屋。「本君不喜打擾，不管何事都回吧。」

自家主子正是性命攸關的當口，鹿馬獸哪裡由得他拒絕，當即跟著天乾神君的腳步便進了他的院子裡。

「我家主子快死了，我來求千年寒玉蓮子。」鹿馬獸第一次化為人形，說話還不流利，一句話吞吞吐吐了好一會兒才說出來。

天乾神君只淡淡掃了她一眼。「不給，出去。」

常人但見神君這般神色當即便嚇得說不出話來，可鹿馬獸本來對情緒這種東西就感覺遲鈍，現在著急了更是什麼也顧不上，哪兒還品得出空氣中那份暗藏的殺氣。她不要命一般將天乾神君袖子一拽，在天乾神君還在愣神的時候，一雙小手便可憐巴巴地抓上他的手指。

「蓮子一定要要到！」她望著他賭咒發誓一樣說著，但偏偏吐字含混不清，比起強勢的請求，更像是得寵的小孩在對大人撒嬌。

天乾神君垂頭看她，目光從她水汪汪的眼睛挪到了額頭上那根形狀奇異的肉角上，肉角因為鹿馬獸的情緒動了動，天乾神君忽然抬起另外一隻手。

鹿馬獸知道天乾神君脾氣不好，這下子以為自己要挨打，心裡懼怕，但小小的手還是將天乾神君的手抓得死緊。「我只要一顆蓮子。」她冒死說：「給主人救命，只要一顆。」

忽然肉角一緊，竟是天乾神君用另一隻手捏住她的角，彷彿對這種軟趴趴的手感感到奇妙。他眉一挑，嘗試著捏了兩下，呢喃：「軟的。」

鹿馬獸臉一白，顯然是想起了過往不好的記憶，然而短暫的驚慌之後，鹿馬獸強自鎮定下來，豁出去一般道：「肉角可以……可以給你玩，把蓮子給我。」

天乾神君看著小女孩一臉視死如歸的模樣，倏地沒有情緒地勾了勾脣角。他想的是，這傢伙未免也太可笑，他堂堂神君，要這麼一根肉角來做什麼，每天拿在手裡把玩嗎？有這種癖好的人還能再奇怪一點嗎……

天乾神君鬆開手，但他不知道，鹿馬獸是用肉角來捕捉殘魂，進而以殘魂為食的；而她先前一根肉角被小祥子掰掉了，現在只剩下一根，那根便是她的身家性命，若是沒了，她就是把這輩子吃飯的傢伙都丟了。

「鬆手，別讓我說第二遍。」天乾神君轉過頭，神色冷漠。

鹿馬獸可憐巴巴地望著他。「神君，救人一命……」

「我不要浮屠。」他逕直打斷鹿馬獸的話，與此同時，指尖上神力竄動，將鹿馬獸的小手打開。他看也不看她，抬腳便往屋裡走。

鹿馬獸不甘心，一咬牙，整個人都撲上前去將天乾神君的大腿抱住。「神君！救救我家主子！」她的眼淚、鼻涕都糊在天乾神君的衣襬上。

天乾神君愛乾淨到喪心病狂的地步是天界人盡皆知的，連天乾神君都記不得上次有人放肆地在自己衣服上糊東西是什麼時候的事了。天乾神君隱忍道：「放開。」

「神君不答應救主子，鹿馬獸就不放開！」

「很好。」天乾神君像方才一樣用神力輕輕擊打鹿馬獸，然而這次鹿馬獸明顯有準備，任由痛覺傳遍全身也沒有放手。看著這麼一個小孩吊在自己腿上，天乾神君心頭竟生出一股許久未有的無奈之情，沒有再打鹿馬獸第二次。

天乾神君在原地站著，聽鹿馬獸的哭聲從抽噎變成了號啕，自己衣袍上的鼻涕、眼淚也越來越多。天乾神君閉上眼，穩了好一會兒心緒，才重新冷漠地開口：「蓮子在後院。」

鹿馬獸聞言，抬頭，不敢相信地望著天乾神君。天乾神君與她對視半晌。「我要去拿，妳放手。」

鹿馬獸這才乖乖放手。果然，不一會兒便見天乾神君拿了一個錦盒出來，遞給她，但在鹿馬獸伸手接過之前，他卻冷聲問：「妳是哪家的僕從？」

鹿馬獸倏地轉了一下腦子。「你要找我主子的麻煩？」

天乾神君也不避諱，逕自點頭認了：「沒錯，我要找他晦氣。」

鹿馬獸答：「我是李天王家的。」

天乾神君毫不留情地戳破她的謊言。「李天王要死了會讓妳來取蓮子？老實說。」

鹿馬獸垂頭喪氣道：「是月老家的。」天乾神君拿著錦盒不遞給她。

鹿馬獸終是嘆息一聲交代了：「是初空神君家的。」

天乾神君這才點了頭，把錦盒給了鹿馬獸，放她走了。可是待鹿馬獸走後許久，天乾神君也沒有進屋，方才捏過鹿馬獸肉角的手指動了動，他好似有些困惑。

「軟的。」他忽然覺得，方才鹿馬獸說要把肉角給他的時候，自己不應該拒絕才是。

鹿馬獸好不容易把蓮子取回來，此時小祥子已經因失血太多而暈過去，眾仙急急忙忙讓小祥子服下蓮子。

見小祥子睜眼了，鹿馬獸大舒一口氣，回了自己的窩，逕自往乾草上面一躺，慢慢又變回原形。她閉上眼，靜靜睡去。維持人形對現在的她來說，還是太勉強了。

再醒來的時候，小祥子的兩個孩子已經生下來了。龍鳳胎，大的是哥哥，小的是妹妹。兩個小孩和他們母親一樣調皮搗蛋，兄妹倆睡在一個窩裡時總是你一拳我一腳地較量。

初空歷劫完了回來，看見的是一個健健康康的小祥子和兩個健健康康的小兔崽子。小祥子全然不提那日生產時遇到的危機，另外六個仙子也不好意思提，只道一切都還好。

他們都不提，鹿馬獸每日吃吃睡睡便也將這事拋在腦後，更忘了要告訴她的主人們，有個神君想要找他們晦氣。

是以在天乾神君找上門來的那日，這一家子人根本就沒有準備。

當時鹿馬獸化成人形正在照顧兩個小孩，這兩個孩子倒是真如小祥子所說，隨了她祥雲仙子的屬性，睡著的時候老實，醒了之後玩著玩著便變成一團雲，呼呼往屋外飄。小祥子半點也不著急，任由他們隨便飄。

初空本來也不著急，但自打有一次看見飄回來的妹妹身上少了一條手臂之後，初空怎麼也不敢放鬆戒備了，好在那次妹妹的手臂又自己飄了回來。但初空為了以防萬一，便讓鹿馬獸來看著，即便孩子們飄出去了，也好歹知道一個方向，能把他們的胳膊腿和腦袋找回來。

初空接待了天乾神君，這才知道小祥子生產那日的凶險。他聽聞後沉默許久，只道：「家僕粗莽，頂撞了神君，還望神君恕罪。」

天乾神君淡淡喝了口茶。「本君不恕你這罪。」他道：「我是來討回來的。」

初空一愣。「什麼？」

「你的家僕。」他道：「我覺得她挺實用，租借我百年可好？」

初空繼續愣住。「什麼？」

天乾神君卻不再重複第二遍，正飲第二口茶時，門外倏地飄進來兩團白花花的雲，在大廳裡繞了一圈，又鑽進了裡間，外面傳來急匆匆的呼喊。

「慢點兒，腿還在外面！」穿著棕黑色衣裳的小女孩撲進屋來，抬頭看見白衣披髮的天乾神君，登時一愣，這才想起這位神君上次說的找晦氣一事，當即臉一白。「天乾神君來……報復了？」

初空剛要開口，忽聽天乾神君道：「沒錯。」

鹿馬獸眉目一沉，正色道：「不關我主子的事，是我的錯，你報復我吧。」

天乾神君淡定地飲茶。「好。」他放下茶杯，站起身來。「既然如此，妳今日便隨我回去伺候我吧。」

鹿馬獸一驚，初空也是一驚，兩人皆望向天乾神君。

天乾神君只走到鹿馬獸跟前，捏了捏她頭上的肉角，神色冷淡道：「走吧。」

這天晚上，初空哄了兩個孩子睡覺，疲憊地往床上一躺，伸手將小祥子抱住，一聲輕嘆。

「下次我一定會在的。」他道：「不會讓妳一個人害怕。」

小祥子睡得迷迷糊糊的，應道：「說這種話可不像你的風格。」

初空沒有應聲，隔了半晌，小祥子又問：「鹿馬獸跟著天乾神君當真沒問題？」

「天乾神君雖脾氣不好，但人並不壞，鹿馬獸跟著他，對她修道倒還好一些，只是別的方面倒不好說。」初空聲音漸輕：「反正日子還長著呢，看看唄。」

夜已深，一家人靜靜睡去。

七時吉祥

番外六　天乾神君

鹿馬獸就這樣被天乾神君帶回了自己的府邸。

走到天乾神君院子門口的時候，一個小仙童恰巧將自己的小球踢到天乾神君腳邊。

小仙童跑過來，準備撿球，但見天乾神君一腳踩在球上，冷著臉看向小仙童。

小仙童瑟瑟發抖。「神君，我的球……」

天乾神君一聲冷笑，抬腳就把球踢飛了。

鹿馬獸和小仙童看著球在空中劃出一道圓弧，然後消失不見。

小仙童呆住了。

鹿馬獸也呆住了。

「不許在這裡玩。」

天乾神君留下這句話，小仙童「哇」的一聲大哭，捂著臉就跑遠了。

鹿馬獸看著小仙童的背影，繼續瑟瑟發抖，跟著天乾神君進了他的府邸。

神君的府邸大得可怕，也空得嚇人。

天乾神君隨便指了個房間給她，讓鹿馬獸自己去收拾收拾住下，然後就走了。

鹿馬獸也是這時候才知道，神君府上，竟然是一個人都沒有的！

天乾神君指給她的住所空空蕩蕩，連床都沒有，鹿馬獸在空空如也的屋子裡，抱著自己的小布兜站了好一會兒，才揣摩過來，天乾神君這個「收拾收拾」的意思，原來是讓她給自己收拾個桌椅板凳和床榻出來！

鹿馬獸沒敢多鬧騰。

畢竟，在仙界論資排輩的話，天乾神君，好像還比自家神君要高那麼一個品階……

而且，他此前還救了自家主子的命，說什麼，也不能在人家府上挑三揀四的。

於是，鹿馬獸任勞任怨、勤勤懇懇地忙活一天，從外面拖木板回來簡單搭了木板床、木板凳，還有一個木板桌。

天乾神君在自己的煉丹房裡煉了一天丹出來，看見的便是一個五、六歲的女童，一臉狼狽地在自家院子裡給木床、木桌和木凳刷漆的模樣。

一時間，他覺得在自己府邸裡好像犯了天界的律條——虐待童仙。

天乾神君沉默了一會兒，走上前去，揪了一下鹿馬獸的肉角。

鹿馬獸嚇了一跳，仰頭看他，有些害怕，有些迷茫。「神君？怎麼了？」

「妳在做什麼？」天乾神君冷著一張臉。「我沒給妳床睡？」

鹿馬獸更加迷茫了。「沒給啊。」

天乾神君沉默了一會兒，轉頭看了眼屋子裡面……

好的，他沒給。

天乾神君沉默下來，場面一時有些尷尬。

鹿馬獸猶豫很久，揣測著這位神君的心思，遲疑地開口：「是……您也想要？」

天乾神君低頭，一下子便撞進那雙小鹿一樣可憐巴巴的眼睛裡，他頓了頓，轉開了眼。「妳不會術法嗎？」

鹿馬獸反問：「術法還能變桌椅板凳嗎？」

天乾神君無言以對，然後有些嫌棄地皺了皺眉頭。「妳主子都教過妳什麼？」

「奶孩子。」

「……」

面面相覷了一會兒，天乾神君轉身離開。

鹿馬獸心底剛暗暗鬆了一口氣，忽然間，她覺得身體一輕，不過眨眼之間，她便從一名五、六歲女童的模樣，變作十七、八歲的少女。

鹿馬獸呆呆地看著自己長長了的手腳，又看了看自己身上跟著變大的衣服，頗為不習慣地站起身來，轉了兩圈。

「神……神君？」鹿馬獸對著走遠的天乾神君喚道：「別……別把我變這麼細長呀，我長這麼高，只有四隻腳的時候！兩隻腳，我害怕！不穩，我怕高！」

而遠處的天乾神君頭也沒回地留下了一句話——

「習慣就好。」

鹿馬獸張了張嘴，再難說出話來，只心道，這個天乾神君，是真的脾氣古怪，陰晴不定，一會兒想要她的小木床，一會兒把她扯老長，真是……

難琢磨！

鹿馬獸轉頭看了看自己的木板床，又看了看自己的腿，嘆息一聲：

「得加長啊……」
在這兒住的第一個晚上，鹿馬獸作了一宿的惡夢。
夢裡，天乾神君拿了把比她還長的鋸子衝到她面前，把她按在長板凳上，嘎吱一下就把她的肉角鋸了。
她血流了一臉，還沒來得及哭，天乾神君就扯住她的腳踝，將她整個人倒著提起來，開始不停地抖抖抖，鹿馬獸直接被抖成一長條。
她口中一直喊：「不不不，別別別，可以了、可以了！不能再加長了！」
然後她醒了過來……
她看見了天乾神君的臉。
天乾神君眼下黑影沉沉，看起來一副沒睡好的模樣。
「神君？」鹿馬獸問他：「您也有孩子要奶嗎？」
在小祥子府上的時候，小祥子會這麼大清早地來她床邊找她，一定是因為兩個小孩子吵吵鬧鬧不聽話，折磨得她沒睡好。
所以鹿馬獸下意識地認為，天乾神君也是這樣。

聽到鹿馬獸的問題，天乾神君一時沒有回話。

他坐在她的木板床上，因為兩個人的體重超過她設計的木板床承載力，所以床板一直發出抗議的「嘎吱嘎吱」的聲音，一如她在夢裡的哼唧唧。

天乾神君沉默著，對著鹿馬獸伸出手。

鹿馬獸有點害怕，想要縮回去。

「別動。」天乾神君如此說了一句。

鹿馬獸因為更害怕天乾神君，所以更不敢動了。

然後天乾神君便握住鹿馬獸頭頂上的肉角。

她長大了，但肉角還是那個肉角。

鹿馬獸眨著眼睛，躺在床上，雙手緊張地拽著自己的小被子，等著天乾神君什麼時候捏完肉角，把手收回去。

她不敢吭聲，就怕天乾神君說一句——

「妳之前說，肉角可以送我。」

鹿馬獸耳朵好像聽到這句話，她屏住了呼吸，沒有吭聲。

她盯著天乾神君的嘴，不敢確定，這句話是她腦中驚懼的想像，還是天乾神君真的說了？

然後她便看見天乾神君歪了歪頭，盯著她，發出一聲輕輕的疑問：「嗯？是嗎？」

鹿馬獸嚇得眼淚都流出來了。「神君，我只有一隻角了，我靠這個吃飯的，掰了它，我就沒法吃飯了。」

天乾神君看著臉圓圓的少女，微微挑眉。

「妳靠它吃飯？妳嘴長在頭頂上？」

「我是鹿馬獸，我靠吸食天地殘魂而生，我嘴巴用來說話，也可吃別的東西，但是，真正讓我活命的是它……」

「哦……」天乾神君聞言，若有所思地沉默下來，他捏著鹿馬獸肉角的手指輕輕搓了兩下。「原來是這樣。」

鹿馬獸可憐巴巴地點頭。

天乾神君思索了一會兒，說：「今晚，妳到我房間裡來睡。」

言罷，天乾神君走了出去。

鹿馬獸又愣了好一會兒，才坐起來，摸了摸自己的肉角，一臉迷茫。

夜裡，鹿馬獸把自己的小床搬去天乾神君的房間。

天乾神君房間裡，果然也空空蕩蕩，除了一張床，連桌椅板凳都沒有，他好像根本就不在這個房間裡生活一樣。

鹿馬獸在自己的小床上等著天乾神君回來。

一直到深夜，天乾神君才帶著一身的疲憊從外面歸來，推開門，他看見鹿馬獸已經在自己床邊的小床上睡著，有些意外地挑了挑眉毛。

他煉了一天的丹藥，倒是忘了自己白天給鹿馬獸的命令了，沒想到，她還挺聽話……

天乾神君走到床邊，坐到自己的床榻上。

鹿馬獸自己做的小床又矮又窄，她在床上蜷縮著身體睡覺，被子鼓起了高高一坨，但她睡得十分香甜，一張圓臉在被子裡被捂得紅撲撲的……

天乾神君伸出了手。

待他反應過來的時候，他的手指已經掐在鹿馬獸的臉頰上。

他自己也愣了一會兒，然後放開手，輕咳一聲，才轉而去摸了摸鹿馬獸的肉角。

在他觸碰到鹿馬獸肉角的瞬間，鹿馬獸的肉角亮出微弱的光芒。

天乾神君也在此時，感到心靈之中一陣釋然，那時刻纏繞在他心間的狂躁之氣，慢慢消散。

天乾神君微微鬆了口氣。

原來是這樣。

所以他才一直對鹿馬獸的這個肉角愛不釋手。

千餘年前，天乾神君下界除妖，雖制伏了妖邪，不料妖邪戾氣深重，雖死不滅，殘魂鑽入身體之中，一直不停地侵擾他。

這千年時間裡，天乾神君一直尋找方法，試圖抹去這縷妖邪殘魂，卻一直毫無辦法，直到……

這送上門來的肉角……

終於能讓他得到片刻安寧。

天乾神君嘆了聲氣，仰躺在床榻上，他慢慢閉上眼睛。

黑暗裡，天乾神君終於沒有再看見漫天的血色與數不盡的廝殺之聲。

好安靜……

一夜好眠。

鹿馬獸醒的時候，她萬萬沒有想到，自己這張小破床竟然還能睡下兩個人？

她看了看近在咫尺的天乾神君，又抬眼往上瞅了瞅他握住自己肉角的手。

鹿馬獸心中又驚又怕：這神君，莫不是有什麼難以言說的奇怪癖好吧……她的肉角，難道長在他的怪癖上？

鹿馬獸不敢吭聲，也不敢問，直到天乾神君自己醒了過來。

鹿馬獸這才開口：「神君，其實我的肉角是有觸感的……您捏了一晚，我有點麻了。」

天乾神君看著近在咫尺的鹿馬獸，沉默了很久……

然後，他鬆開了手。

說實話，他的手……也有點麻了。

他深深吸了一口氣，揉了揉眉心，準備坐起身來。

可他萬萬沒想到，他一動，只聽「咔」的一聲。

鹿馬獸霎時臉色一白，立即道：「神君！您別動！」

可她說晚了，下一瞬，鹿馬獸的小木床便在一陣叮鈴噹啷的聲音當中徹底垮塌。

兩個人坐在地上一片碎木板裡，塵埃升騰，畫面凝固。

天乾神君看了看自己身下和身邊的散裝木板，又看了一眼面前要哭不哭的鹿馬獸。

千年時間裡，難得睡一個好覺，得一晚太平的天乾神君，忽然覺得這一早上醒來的事情，比之前每夜吵鬧的妖邪殘魂還要令人頭大。

天乾神君不知道要怎麼跟鹿馬獸解釋，他也不知道他為什麼會出現在鹿馬獸的床上，也根本沒有機會解釋。

鹿馬獸一撇嘴，眼淚啪答啪答掉著，委屈巴巴地從地上爬起來，然後一邊抹淚，一邊嘀咕：「太欺負人了，太欺負人了……」

她出門去了。

天乾神君想要追，可他也從來沒有遇到過這樣的事，更不知道追上去要說什麼，於是只得站起身來，看了看自己腳下的木板。他踢了踢，有些惱怒。「誰賣她的破木頭。」

破木頭是從小祥子院裡的馬廄裡面抬過去的。

那是鹿馬獸還是獸形時候住的地方，裡面的木頭氣味她都聞熟悉了，特別安心。

現在小祥子院裡的馬廄沒了，床也沒了，回小祥子府邸裡面沒地方住，回天乾神君的府邸更是只能睡地板了。

鹿馬獸在仙界的一個角落找了個地方，啪答啪答地掉眼淚。

鹿馬獸心想，自己哭唧唧地回去找小祥子，一定會讓她擔心，她還有兩個小孩要管，肯定不能讓她還要替自己操心。

所以鹿馬獸打算自己處理處理情緒，還是回天乾神君的府邸待著。

而就在此時，身後忽然伸來一隻手，在鹿馬獸還沒反應過來的時候，那隻手忽然抓住她的肉角！力氣之大，直接將鹿馬獸整個人都拔了起來。

鹿馬獸連連呼痛，被揪住肉角的她只能用很彆扭的姿勢站著。「是誰？神君嗎？不要這樣欺負我！」

「神君？哪個神君？」

但聽此言，鹿馬獸才發現不對，她微微轉動身體，看見面前的人一身黑衣，面容邪惡，臉上、手臂上全是花裡胡稍的妖紋。

是妖怪！

天界哪兒來的妖怪？

「你是什麼妖怪！」鹿馬獸喝斥他：「還不趕緊放開我！」

「放開妳？天界的將領敢把老子抓上來，老子便要將天界鬧翻，就從妳開始吃！我要殺十萬個！」

他說著，直接把鹿馬獸的肉角往自己嘴裡塞。

鹿馬獸疼得不行，根本掙脫不了，而便在此時，空中倏地閃下一記白光，狠狠劈在妖怪的手臂上，讓他整條手臂瞬間焦黑。

妖怪大聲痛呼，捂著手臂連連後退。

鹿馬獸也捂住自己腦袋上的肉角，退了兩步，等她抬頭之時，面前出現一個熟悉的身影。

卻是睡塌了她小木床的天乾神君來了。

他擋在鹿馬獸身前，鹿馬獸呆呆地看著他的後背，心裡想著：難怪能睡壞她的小木床，他這身板原來高大得能帶來這麼多的安全感……

天乾神君回頭，看了眼鹿馬獸。

但見這圓臉上，全是可憐巴巴的淚水，頭上的肉角因為被用力揑過，都有些泛紅發青了，垂著，顯得沒有精神。

天乾神君嘴角微微抽緊，他再轉過頭去時，看向面前妖怪的眼神，彷彿是在看一個死人。

「誰給你的勇氣？」

話音一落，他掌間術法猶如雷電，閃出刺目光芒。

但見此術，妖怪面色陡然一變。「天乾神君！」他捂著手臂，一句痛也不敢喊，開口：「是玉帝下令抓的我！你不能動用私刑殺我！」

話音未落，「劈啪」一聲，面前的妖怪被白色光電穿心而過，直接化為一團焦炭灑落雲間。

「啊！不能殺！」

空中遠遠傳來天界將領的聲音。

鹿馬獸仰頭看去，但見幾名將領急匆匆趕來，口中說的是與剛才那妖怪一樣的話。「神君啊神君，這是玉帝叫我等抓來天界審訊的妖怪，不能殺啊！」

可已經殺了。

鹿馬獸看著雲上的焦炭，又看了看幾名將領，最後目光落在天乾神君身上。

她心裡很是愧疚，覺得因為自己，天乾神君攤上事了。

她鼓足勇氣，想挺身而出，替天乾神君擔下這個過錯，但還沒等她向前一步，天乾神君直接抓了她的胳膊。

鹿馬獸仰頭看他，天乾神君冷著一張臉，一如她第一次見他的時候，只是這次他是對著那幾個將領的。

「這妖怪是我殺的，告訴玉帝，這妖怪背後的人，我要一起殺。此事，我管了。」

幾個將領面面相覷，為首的一人撓了撓頭。「神君若願重新出山，管下界妖邪之事，玉帝與我等自然是欣喜不已，只是為何……」

天乾神君帶著鹿馬獸轉身就走。

「他動錯人了。」

直至兩人的背影消失，幾名將領還是有點在狀況外。一人看了看地上的焦炭說：「這孫子對天乾神君做了什麼，惹他如此大動肝火？」

「管他做了什麼，咱們不是正愁沒人對付這孫子背後的妖王嗎？天乾神君願意相助，這事了了。」

「嘿，只怪那妖王找了個這麼不著調的下屬吧，倒楣囉。」

鹿馬獸被天乾神君帶回府邸，帶進了煉丹房，然後天乾神君抬手便給了她一顆丹藥。

鹿馬獸認識，這是主子生產那天，她過來苦苦哀求才拿到的丹藥。她呆呆地望著天乾神君，不明所以。

「吃了。」天乾神君道。

「為什……」

沒等她話說完，天乾神君趁鹿馬獸沒有防備，拍了她手背一下，鹿馬獸就這樣沒有一絲準備地吃下那顆丹藥。

鹿馬獸頭上的肉角瞬間就好了。

她甚至感覺，自己身體裡的靈氣從未有過的充沛，連五感都變得通透了。

天乾神君滿意地打量一下鹿馬獸，然後又帶著她離開煉丹房，去了自己的房間。

房間還是大得空空蕩蕩，但是在天乾神君的床邊，多了一張結實的小床，床也不比天乾神君的矮了，上面甚至還雕刻花紋。

鹿馬獸發出驚嘆。「神君這麼快？」

天乾神君打了個響指，床邊又出現一個小矮凳。「術法變的。」他問：「妳還想要什麼？」

「要個桌子！」

「桌子要配兩張椅子！」

「還要一個鏡子！」

「梳妝檯！」

待屋裡被東西填滿的時候，鹿馬獸用星星眼望著天乾神君。「神君對我好好。為什麼？」

天乾神君看了眼鹿馬獸的肉角。「有求於人。」

三年後。

小祥子的孩子們長大了些，一個比一個皮，常常弄得小祥子筋疲力盡。

小祥子終於想起了，自己還有一個可以奶孩子的鹿馬獸！

她心想，神君借了鹿馬獸三年，說不定新鮮勁已經過去了，自己是時候去把人要回來了。

小祥子來到天乾神君府上，在外面，她看著神君這府邸跟之前好似也沒有兩樣，但當她敲門走進去之後，小祥子驚呆了。

敢問，這天乾神君，是喜歡上當木匠了嗎？

這滿屋滿園的木架、木頭馬、奇形怪狀的亭臺樓閣是什麼情況？

「祥雲仙子，有何貴幹？」

天乾神君出現在小祥子身後。

小祥子撓了撓頭。「那個……神君，我想將我的鹿馬獸討回去一段時間，我家兩個混世魔王，得有人看著。」

「哦。」天乾神君思忖了一下。「不行。」

小祥子一愣。「為何？」

「因為……」天乾神君看向後院。在後院裡，一個木製鞦韆上，鹿馬獸正歪著腦袋，打著瞌睡，臉蛋紅撲撲的，似睡得很香。

天乾神君看著鹿馬獸，神色柔了下來。

「她得奶自己的孩子了。」

七時吉祥 下卷

作　　者／九鷺非香
執 行 長／陳君平
榮譽發行人／黃鎮隆
協　　理／洪琇菁
總 編 輯／呂尚燁
執行編輯／陳昭燕
美術監製／沙雲佩
美術編輯／李政儀
國際版權／黃令歡、高子甯
文字校對／朱瑩倫、施亞蒨
內文排版／謝青秀

國家圖書館出版品預行編目資料

七時吉祥 / 九鷺非香作 . -- 1 版 . -- 臺北市 : 城邦文化事業股份有限公司尖端出版 : 英屬蓋曼群島商家庭傳媒股份有限公司城邦分公司尖端出版發行 , 2023.10
冊 ;　公分
ISBN 978-626-377-114-7（下冊 : 平裝）

857.9　　112014359

出版／城邦文化事業股份有限公司　尖端出版
台北市 104 中山區民生東路二段 141 號 10 樓
電話：（02）2500-7600　傳真：（02）2500-2683
讀者服務信箱：7novels@mail2.spp.com.tw
發行／英屬蓋曼群島商家庭傳媒股份有限公司城邦分公司　尖端出版
台北市 104 中山區民生東路二段 141 號 10 樓
電話：（02）2500-7600　傳真：（02）2500-1979
劃撥專線：（03）312-4212
戶名：英屬蓋曼群島商家庭傳媒（股）公司城邦分公司
劃撥帳號：50003021
※ 劃撥金額未滿 500 元，請加付掛號郵資 50 元
法律顧問／王子文律師　元禾法律事務所　台北市羅斯福路三段 37 號 15 樓

台灣地區總經銷／中彰投以北（含宜花東）　楨彥有限公司
電話：（02）8919-3369　　傳真：（02）8914-5524
雲嘉以南　威信圖書有限公司
（嘉義公司）電話：（05）233-3852　　傳真：（05）233-3863
（高雄公司）電話：（07）373-0079　　傳真：（07）373-0087
馬新地區總經銷／城邦（馬新）出版集團 Cite（M）Sdn Bhd
電話：603-9057-8822　　傳真：603-9057-6622
E-mail：cite@cite.com.my
香港地區總經銷／城邦（香港）出版集團 Cite（H.K.）Publishing Group Limited
電話：852-2508-6231　　傳真：852-2578-9337
E-mail：hkcite@biznetvigator.com

版　次／ 2023 年 10 月 1 版 1 刷　Printed in Taiwan